我們的美味愛情

烏瞳貓——著

目次

序章

她就是出現在他夢裡的女孩，「我夢到妳的次數比妳想像中還多。」

面對這樣唐突的刺蝟頭男孩，杜臻臻板著臉一副快哭出來的樣子：「你再這樣說我就去告訴老師，說你欺負我。」

對於心思細膩的女孩來說，方偉皓的這番言論足以在她們心裡刻下難以抹去的陰影。

「噁心。」

離開前杜臻臻嘟著嘴憤憤地又補了一句。

方偉皓不以為意，對於他這個年齡的男孩來說女孩的心思太複雜，他只是說出他看到的、經歷的，而他也確實夢到杜臻臻了，再遇到她之前每天都出現在他夢裡的那個女孩。

「爸爸，什麼是命中注定？」

年僅八歲的兒子童言童語的看向正專注於體育節目的父親，他沒有發現父親有些不自在的挪了挪身軀，在餐桌前處理公司文件的母親銳利的目光也是發生在他背後的事。

他哪管得了那麼多，年幼的方偉皓滿腦子只想從父親口中得到解答，因為截至目前為止，爸爸是他認為在這個世界上最聰明的人。

「像爸爸跟媽媽這樣就是命中註定啊。」
方偉皓偏著頭：「那爸爸你也時常夢到媽媽嗎？」
「當然啊。」
「嗚……」方瑋皓抿著嘴發出了不開心的低鳴，這個舉動引來母親的關切。
「怎麼啦寶貝？」
「我想我完蛋了。」
「為什麼這麼說？」
媽媽用眼神暗示沙發椅上坐立難安的丈夫將電視音量轉小，丈夫照做了。
「我命中註定的……。」
方偉皓欲言又止，別過頭去一副委屈巴巴的模樣，在母親鼓勵的眼神下，最終，吐出一句讓方爸爸將口中的菊花普洱茶噴了滿地的話。
「我命中註定的老婆——
好像是個胖子。」

第一章 他們說我是神豬

我叫杜臻臻，今年十六歲，平時沒有什麼特別的業餘愛好，硬要說的話——大概就是吃了吧。

除了食物以外的東西，對我而言，都是身外之物。

其實，我也不清楚開場究竟為什麼會有這段自我介紹。

印象中，在青春校園小說裡，有機會在大家面前說話的，不是長相甜美、身形嬌小的玲瓏可愛美少女，就是面容姣好外加長了一雙逆天大長腿的冰山美人，最最最基本的設定，至少會是個外表平凡文靜內向的普通女生。

沒錯，我說至少，真的不用到擁有什麼驚天動地的美貌——

畢竟在未來我也沒有想成為女明星的想法。

我發誓，只要平凡普通的容顏就好。

這麼低的要求，怎麼會……。

這樣說或許會讓大家感到很失望，只是……。

以我的外表，充其量只能當個小配角，甚至是過目即忘的路人甲，所以在這裡先感謝一下作者願意捨棄公主配王子的童話故事，而選擇我這樣的——

好吧，我承認。

我，杜臻臻，就是一個身高號稱一六〇，體重卻將近八十公斤，說好聽一點是棉花糖女孩，說難聽點嘛……。

就是一個不折不扣的胖子。

我曾經以為有朝一日，自己也能像電影中演的那樣醜女大翻身，從體重將近八十公斤的胖妹搖身一變，成為人人稱羨的超級美少女。

不過作者在一開始便斬釘截鐵地告訴我，她很忙，沒有那個美國時間去滿足所有角色的需求，如果我想要減肥，還要讓她花好幾個章節進行贅述，因為覺得沒什麼意義，所以暫時不會考慮幫助我瘦下來……。

為什麼不靠自己努力減肥，還妄想不勞而獲苗條的身材？這是我最常聽到的疑問。

既然大家這麼想知道，我就在這裡統一回答——這一切，都要從我出生的那一刻講起……。

「杜太太，小孩體重是四八〇〇公克。」

我一出生，就硬是比隔壁床的寶寶重了一公斤，接下來，一般的父母會讓小孩控制體重不要繼續「胖」下去，以免對心血管產生不好的影響，但是我的父母可不是一般的父母。

「杜媽媽，是不是要考慮讓臻臻減個肥，胖胖的是很可愛但是……感覺小孩子還是不要太胖會比較健康。」我看，幼稚園老師根本就是對於我偷偷把隔壁班同學的點心麵包吃掉這件事，在進行報復。

加上我自己的那份，也不過才吃了八個，有必要這樣嗎？

「老師，我們家臻臻有跟我說午餐跟點心，每個同學的份量都是一樣的？」

「對，的確是這樣沒有錯。」

「我覺得這樣好像……有點不是那麼好。」

「您的意思是，需要我們協助臻臻控制食量嗎？這點我們當然可以完全配合，只要您……。」

「哈哈哈，不是不是。老師您誤會我的意思了，我是說我們家臻臻午餐要吃五碗飯才會飽，點心還可以再吃三個菠蘿麵包配兩杯牛奶，然後晚餐要再吃四碗飯，以目前幼稚園提供的飯量，我怕孩子會餓壞，這樣我很難跟家裡交代，或許我們可以多加一點學費，如果這樣我女兒才可以每天都吃飽的話。」

沒錯，我媽從小就是這樣放任式的餵養我。

「臻臻，今天晚上我們去吃吃到飽。」

還有另外一個縱容我身材隨意發展的人——我老爸。

國小開始，我們家的晚餐便很常到吃到飽餐廳解決，沒有為什麼，純粹就是因為很划得來，而且所有費用加總起來，絕對會比在家裡吃，或買路邊攤來的划算。

「我女兒鐵定是像到我，真懂吃。」

自我有意識以來，我爸老是這樣向街訪鄰居、親戚朋友誇耀我。

忘了說，我爸之前曾經是個小有名氣的大胃王選手，還曾經赴日參加比賽拿下不少獎牌。

當然跟著體重加起來突破兩百公斤的父母四處大吃大喝很幸福，但我畢竟不是木下佑香，優異的基因，讓我將所有吃下肚的食物，完完全全的反映在體重機上。

「27號，杜臻臻一四〇公分，五十六公斤。」健康股長絲毫不留情面，加上她根本沒看到護士阿姨對她比出了小聲一點的手勢，所以全班同學都聽得一清二楚。

「你看你看，好噁心喔，根本就是神豬。」

「全校最肥的就是她。」

「死肥婆不要靠近我。」

「碰到她會被感染肥子病毒喔。」班上幾個討厭的男生聚在一起大聲討論我的體重。

還有幾個女生在一旁掩著嘴偷笑。

其實我不是很在乎，因為這些是我為了吃可以付出的犧牲。

沒辦法，我就是愛吃，吃了就會胖啊，所以你們愛怎麼說是你們家的事，不喜歡我也沒有關係。

我、一、點、也、不、在、乎。

關於身材這件事，我一直抱持著不以為然的態度，直到國小三年級的時候，我喜歡上早自修時到班上講故事的六年級大哥哥。

從那時候起我發現我的身材雖然引人注目、有記憶點，但是卻完全不會讓人產生好感。

而後我又近一步發現了之前從來沒有注意到的驚天大祕密。

為什麼以前在讀那些故事書的時候，從來沒有察覺呢？

童話故事裡的公主每個都是鵝蛋臉、小蠻腰。

難道，美滿的愛情與結局都只能屬於外貌姣好、身材婀娜的美女嗎？

那麼，像我這樣的胖子呢？我著急地把整個書櫃都翻遍了。

無奈，卻查無此人。

世界上沒有一個人關心胖子公主最後的下落……。

那個夜晚我心情低落，爸爸買回來的六桶炸雞、三塊大披薩我一口沒動，抱著膝蓋可憐巴巴的窩在沙發一角，媽媽察覺到我不對勁，打開電視轉到我平常最愛看的迪士尼頻道：電視上正在播放宮崎駿的《神隱少女》。

女主角千尋看著雙親因為貪吃而變成神豬不住地落下淚來，我也跟著潸然淚下，爸爸心疼極了轉過身來用油膩膩的手替我擦去眼淚，「寶貝不哭不哭，瞧你哭成這樣，告訴爸爸誰欺負你了。」

我哭哭啼啼的回應：「沒有人……哼哼……會喜歡……哼哼……神豬。爸爸……我是哼哼不是……哼哼很胖，同學都說我是神豬，沒有人會喜歡我……。」

見我哭得上氣不接下氣的模樣，爸媽面面相覷，最後他們用嘴型商議的結果，似乎是由媽媽按下電視電源，爸爸坐到我身旁摟著我的肩膀輕聲的說：「怎麼會呢，我們臻臻是全天下最可愛的女生，怎麼會是神豬，而且肉嘟嘟的多可愛。」

「那為什麼哼哼……故事書裡面都沒有胖胖的公主……公主都要瘦瘦的才可以嗎？」

爸爸歪著腦袋似乎在思考該怎麼告訴我胖公主的下落。

「因為胖胖的公主很特別啊！」

現在回想起來雖然覺得很好笑，但是爸爸的安慰，確實對我低落的心情起到了很大的作用。

「胖公主和其他的公主不一樣，她會用自己的方式尋找幸福，不需要別人給她的王子。」

「那最後，胖公主會找到喜歡她的王子嗎？」

「一定會的。就算對方不是王子，世界上也一定會有真心喜歡胖公主的人，前提是胖公主千萬不可以放棄，要相信自己很特別才可以。」

那天以後，我便一直帶著我很特別的理念，快快樂樂的升上小學五年級……。

「臻臻，聽說妳這個周末要去參加百貨公司舉辦的大胃王比賽啊？」翁姿伶張著一雙大大的眼睛興奮的看著我。

「對啊！我報名的是兒童組的，我爸爸是成人組，他說如果我們比賽贏了，晚餐就要帶我去吃螃蟹大餐！」我抬頭挺胸一臉驕傲地說，也只有在翁姿伶面前，我才能這樣毫不避諱地說出自己要去參加大胃王比賽這件事。

「我媽媽說女生不可以吃太多，不然變得又醜又肥長大以後會嫁不出去。」郝芮莉不知道從什麼時候開始，故意與幾個看上去像是約好今天一起穿粉色小洋裝的女生，站在我們身後大聲地聊天。

看我低著頭沒有回話，她又接著說：「難怪全校的人都說我們班有一頭神豬，原來就是這樣吃出來的。」

聽聞她的話，周圍的幾個女生紛紛七嘴八舌的附和，附和完還不忘發出刺耳的笑聲。

「妳這樣取笑別人未免也太過分了吧！」

一道清亮的男聲搶在我之前劃破嘈雜的教室，只見所有同學紛紛停下手邊動作，訝異的將目光投向聲源。

郝芮莉紅噗噗的小臉一下轉為煞白，癟起小嘴委屈巴巴的說：「我……我又沒有說是誰。」嬌滴滴的說完後，用力地朝地板跺了幾下，便拉著身邊的小跟班，頭也不回氣呼呼的走出教室。

「ㄜ……謝謝你。」

我一時不知道該對眼前這個男孩說些什麼，躊躇許久後只是低著頭，捏著衣襬囁嚅的表達感謝。

「不用謝。」只見男孩臉上漾起一抹好看的微笑，「那個……這週末我可以跟朋友一起去看妳比賽嗎？」

我訝異的抬起頭來：「你……想來看我比賽嗎？」

「不可以嗎？」男孩微微垂著眼角，露出失望的表情，讓我覺得自己好像不應該拒絕他的請求。

「是沒有不行啦……只是你……真的想來？」

之所以會這樣反覆確認，是因為……在我有記憶以來，像徐志勛這種受到大家注目的男孩，總是竭盡所能躲我躲得遠遠的，沒想到他非但沒有無視我的存在，竟然還主動說要來看我比賽。

畢竟，我參加的又不是什麼鋼琴比賽、芭蕾舞比賽之類的。

像郝芮莉這樣外型甜美的女孩，總是會穿著一襲粉紅亮眼的澎澎裙，氣質優雅的站在舞台上對著大家微微一笑，而後陶醉的演奏一曲給愛麗絲。

我參加的大胃王比賽可不一樣，說白點就是一場戰爭。

該如何在最短的時間消滅眼前的食物，是比賽時最重要的一件事。

可想而知，場面絕對不會有多麼高尚優雅。

沒想到眼前這個萬人迷班長竟然會想來看我比賽，比起錯愕，更多的是驚喜。

心裡的那頭小鹿不知怎麼的就這樣衝破了牢籠，在我那乾枯貧脊的心間雀躍地奔馳起來。徐志勛說要來看我比賽，應該就代表他不像其他人一樣討厭我吧！

我這樣想著，突然覺得參加大胃王比賽好像也沒有想像中那麼難以啟齒，甚至有點慶幸自己至少還有這項才藝。

「媽媽，我們班同學說禮拜天要來看我比賽喔！」徐志勛陽光燦爛的笑容像是刻在腦海中一樣一整天都讓我魂不守舍，以至於晚餐時間我胃口大好督促自己至少要吃光八碗白飯，才不會在比賽時漏氣。

「哎呀，怎麼辦呢！我忘記比賽是這禮拜天，我已經答應阿姨這週末要跟她去體驗一間很有名的有氧教室了。」媽媽拍了拍額頭一臉懊惱的看著我。

正當我準備開口告訴媽媽沒關係，還有爸爸會陪我去的時候，爸爸卻突然激動地放下碗筷從口袋裡掏出手機，亮起的手機螢幕從爸爸的眼鏡中投射出一條條密密麻麻的訊息，只見他臉色一沉：「完蛋了，怎麼就這麼剛好，這禮拜天公司有一個很重要的聯合餐會。」

「那怎麼辦？」我有些著急，眨著眼睛來回望著雙雙失約的父母。

「妳那個有氧教室的體驗課一定要這週去嗎？能不能跟美秀改其他天。」爸爸迴避我的目光，懇切地看向媽媽試圖找尋解決辦法。

只見媽媽一臉為難的搖了搖頭：「恐怕沒辦法，體驗的費用已經交下去了，一堂體驗課不便宜呢。」

「不是體驗課嗎？還要錢啊！」爸爸抓了抓頭，似乎不是很能理解媽媽口中的「體驗課」。

最後，或許是覺得沒有其他更好的辦法，爸爸只能轉過頭來輕聲對我說：「臻臻抱歉，爸爸跟媽媽都忘記比賽是這禮拜天了，還是我們下次再參加呢？這次的就先……。」

「我要去。我已經答應同學要讓大家來看我比賽了，我可以自己去。」我夾起一個炸的金黃的洋蔥圈，一臉堅定的丟入口中，如果我現在突然說不去參加比賽的話，徐志勛一定會很失望的。所以就算爸爸媽媽都不能來，我也不能放棄比賽。

只是……。

我完全沒有預想到最後的結果會變成這樣。

「我就說了我可以自己去，你到底為什麼要跟來啦？」我嘟著嘴沒好氣的瞪著一旁的瘦皮猴。

「阿姨說，如果我陪妳一起來，晚上就請我吃牛排，」瘦皮猴說話的同時左手邊正好有一個位子空了出來，他側過身對著我露出缺牙的笑容：「有位子了耶，妳快點坐吧。」

「你不坐嗎？」雖然嘴上這樣問，但我也就真的只是問問，因為說這句話的時候，我的屁股早已緊緊黏上那個得來不易的空位。

「嗯，給妳坐，我今天是妳的保鑣。」缺牙的刺蝟頭男孩又一次衝著我傻笑，「不過其實我從剛才就很想問妳，為什麼大胃王比賽要穿成這樣？」他不解的來回掃視我身上那件粉紅色小洋裝。

「沒……沒有啊，就突然想穿啊，不行嗎？」我絕對不會承認是因為徐志勛說了要來看我比賽，才特別穿上這件平時沒什麼機會穿的小洋裝。

如果我說了，方偉皓這個傢伙一定會大肆取笑我一番。

「那我這樣是不是穿得太普通了啊？」方偉皓撇起嘴巴，不是很滿意的扇了扇淺藍色的巴斯光年圖T。

好吧，看來是我多慮了，這傢伙根本不會想這麼多。

方偉皓可以說是所有我認識的人當中最簡單的一個，總是想到什麼說什麼。

身為方偉皓的鄰居兼國小二年級同班同學，不知道是從他們家搬到我家樓下開始，還是從家長會那天媽媽得知方爸爸是她之前短暫迷戀過的籃球國手開始，這個方偉皓就像塊黏在頭髮上拔也拔不下來的口香糖，總是三不五時的出現在我周圍——

就像現在這樣。

其實，我不討厭方偉皓這個人，準確來說是在那天以前都是不討厭的，在他對我說出：「我夢到妳的次數比妳想像中還多，妳好像會是我未來的老婆。」這樣莫名其妙的話之前，我甚至還覺得這個新轉學過來的同學長得有點可愛。

只不過從那一刻起，我就再也沒把他當作正常人看。

畢竟會對初次見面的人說出這種話的傢伙，哪有可能正常到哪去？

「要下車了喔。」方偉皓望向窗外伸手按下我頭頂上的下車鈴，結果收回手的那一瞬一個不小心整個人失去平衡，就這樣重重摔到我身上來，在他墜落的時候右手不偏不倚的落在我的胸部上。

「噁心！你這個大變態。」我氣得大力拍了一下方偉皓的刺蝟頭，拎起書包頭也不回的走下公車。

「對不起啦，我真的不是故意的，剛剛公車太晃了我一個沒站穩才跌倒的。」方偉皓跟在我身後不停道歉，就像隻做錯事的哈巴狗。

「從現在開始！你，不准再靠近我！」走進百貨公司前我轉過身，氣憤的朝著一臉委屈的方偉皓，惡狠狠的丟下這句話。

語畢。也不管對方有沒有跟上，便自顧自的走進百貨公司裡，沒有再理會身後的討厭鬼。

來到比賽會場，我站在報到入口左右張望，尋找徐志勛瘦長的身影。

只是會場遠比我想像中還要來的擁擠，還沒到比賽時間，現場早已經排滿報名人潮，周圍也圍滿許多好奇的觀眾。

「妹妹妳有報名比賽嗎？」報到台阿姨問話的同時，眼睛頻頻往我身後掃視，似乎認為眼前這個小女生的父母只是走得比較慢，晚一點就會跟上似的。

空氣就這樣在我們之間凍結了幾秒，在她意識到確實只有我一個人時，訝異的推了推鼻梁上的老花眼鏡：「妹妹，妳是一個人來的嗎？」

「嗯，我叫杜臻臻，爸爸是上次在網路上看到活動海報，上網幫我報名的。」我心不在焉的點了點頭，從包包中翻出爸爸印給我寫有「感謝報名」字樣的驗證信。

「杜臻臻嗎？好，我找找……」，阿姨接過那張紙先是愣了一下，而後即刻低下頭來翻看手邊的報名冊，「喔有了，兒童組B組杜臻臻，來這張貼紙給妳貼在身上，在旁邊稍等一下下，跟著那個姊姊走她會帶妳過去小舞台。」

我接下阿姨手上的白色貼紙，聽話地隨著一個綁著高高丸子頭的姊姊穿過人潮來到會場正中央，「妹妹，妳在這裡等一下，A組比完就換妳囉。」

我乖巧地點了點頭，然後低頭確認了一下手錶：三點二十二分。

我那天跟徐志勛說比賽大概下午三點半開始，所以他現在還沒到，應該是還在路上吧？

我站的位子旁，開始陸陸續續出現其他參賽者，他們一一被丸子頭姊姊帶進等候區。

排在我前方的是A組的參賽者，是五個年紀看上去跟我差不多的男生，其中一個還是大胃王比賽的常勝軍——夏淳宇。

上次在美式漢堡店的總決賽我就是輸給他，見到這樣的組別安排，我在心裡默默鬆了口氣，慶幸自己這次沒有與他對上。

思及此，我好奇的左右張望了一下跟我同為B組的參賽選手有誰，不料才剛將頭轉向右邊，游移的目光便不偏不倚的撞上一雙美麗的眸子。

「好漂亮。」我忍不住在心裡感嘆道，眼前的少女有著一頭浪漫的淺棕色捲髮，小巧的鼻子架在白皙的鵝蛋臉上，搭配一雙深邃的大眼睛，讓我看得出神。

女孩舒展嘴角，露出一抹明媚的微笑，親切的向我點點頭算是打過招呼。

說真的，我還是第一次見到這麼漂亮的女生，眼睛簡直無法從她身上移開，仔細看了一下在場的參賽者，除了我們兩個以外其餘全部都是男生。

哇！今天還真是大開眼界了，本來以為像是這樣的美女，應該都只會出現在鋼琴比賽或是芭蕾舞比賽中，沒想到我還能有跟這種氣質美少女同台比賽的一天。

正當我低頭思考該跟她說些什麼的時候，一個穿著紅色背心頭綁紅頭巾的眼鏡大叔拿著麥克風，緩緩走到會場中央，看他的架勢應該是今天比賽的主持人。

「各位親愛的參賽者以及來賓，歡迎大家今天的蒞臨，兒童組A組的比賽馬上就要開始了，還請大家拭目以待，也請各位為今天的參賽者們獻上最熱烈的掌聲。」

工作人員開始陸續引導A組的參賽者入座，夏淳宇一上場便選定最中間的座位一副勝券在握的模樣。

「比賽時間總共二十分鐘，今天的規則是看誰可以在二十分鐘內吃下最多的創意料理，獲勝者除了贏得這次活動的訂製獎牌外，還能獲得全館美食區餐飲消費券八千元，那麼……今天A組所要挑戰的神祕料理究竟會是什麼呢？」眼鏡大叔故弄玄虛的語調將現場氣氛帶至最高點，其實他不用特別賣關子，現場的大家應該也都猜到了，因為從我站在這裡開始，濃濃的章魚燒味便不斷飄入我的鼻腔，惹得我直嚥口水。

我最喜歡的就是這間百貨公司的章魚燒，每次跟爸爸一起來都一定要吃過滿足以後才肯回家，所以當工作人員端上一盤又一盤金黃飽滿的章魚燒時，我差點沒忍住想要衝上台的衝動，只見夏淳宇一口氣吞三個的高手吃法惹得現場驚呼連連，我只能在後台眼巴巴的看著原本堆得跟小山一樣高的章魚燒成倍速減少。

二十分鐘的比賽很快就結束了，夏淳宇絲毫不令人意外的以六十八顆的驚人數目硬是比第二名的四十八顆多出二十顆。

「謝謝A組為我們帶來的精彩比賽，在這邊也恭喜3號參賽者贏得本回合冠軍，」眼鏡大叔再次舉起麥克風充滿活力的說：「接下來就讓我們歡迎B組的小朋友入場。」

我挑了長桌最左邊的位子落座，氣質美少女躊躇一陣後，最終在我身旁的位子坐下，一上台就聽見觀眾區有人在議論紛紛。

「哇，你們看那個小女生長得好漂亮喔。」

「這麼瘦能吃得了多少啊？」

「就是說啊，她旁邊的那個妹妹是她的兩倍大欸，圓滾滾的好可愛哈哈哈。」

還有人舉起手機拍下我們同框的畫面。

無暇理會周圍的喧嘩，我焦急的在人群中尋找熟悉的身影。

只是不管我怎麼找，就是沒看到徐志勛那張陽光燦爛的笑臉，甚至連方偉皓這個煩人的傢伙也不見蹤影。

失落的感覺頓時湧上心頭，「徐志勛該不會是忘記了吧？」雖然很想相信他只是還沒趕到，但是眼看比賽都過去一大半了，這樣應該就是忘記了吧。

「夏夢柔加油！」突然，台下一個身型出挑的型男大叔拱起手來對著台上興奮的喊道，坐在我身旁的漂亮女生聞聲，舉起手來對著台下應援的自然捲大叔輕輕揮了幾下。

「哇，妳爸好帥喔！」我忍不住低聲在她耳邊說。

聞言，叫夢柔的漂亮女生驕傲的對著我微微一笑：「謝謝，很多人都說我們長得很像。」

繼自然捲型男大叔後，其他參賽者的家人朋友也不甘示弱，紛紛開始為台上的小朋友大聲應援。

突然，一道宏亮清澈的聲音格格不入的劃破喧鬧的會場，原本此起彼落的呼聲宛若一張被撕破的畫紙，參差不齊的飄揚在冷卻的空氣中。

只見聲音的主人奮力在人群裡穿梭，好不容易才擠到靠進前排的位置。

儘管周圍的路人紛紛向他投以異樣的眼光，他依舊毫不在意地高舉雙手，不斷高聲呼喊道：

「杜臻臻加油！杜臻臻，妳是最棒的！」

我紅著臉，有些難為情的朝他比了個「噓」的手勢，示意他稍微收斂一點。

好在眼鏡大叔即時舉起麥克風，方偉皓才暫時停止了極度高亢的吶喊式應援。

在眼鏡大叔依樣畫葫蘆的慫恿台下觀眾猜測第二輪比賽的項目時，我終於看到那個渾身散發著清新魅力的男孩，輕輕撥開人群，站到一個異常醒目的位置。

我們之間僅隔著不到五步的距離，男孩臉上掛上一抹好看的微笑，因為太過耀眼，所以我過了很久才注意到，他身邊還跟了另外兩個男生。

只不過，這個發現卻讓我有些煩躁不安起來。

站在徐志勛右手邊的男生，正是國小三年級開始，老愛在大家面前叫我「神豬」的男同學——安以翔。

「各位猜到了嗎？B組小朋友們要挑戰的就是台灣美食的代表——滷肉飯！二十分鐘內到底誰能吃的更多？誰能抱走比賽獎牌？又是誰能一舉拿下大胃王封號呢？」

眼鏡大叔語音方落，我還來不及整理好情緒，周圍的工作人員便開始陸續將滷肉飯擺到我們面前。

「現在倒計時二十分鐘，B組比賽正式開始！」語畢。眼鏡大叔迅速按下手中碼錶。

大家聽到指令後紛紛抄下離自己最近的一碗滷肉飯，我遲疑片刻，還是強迫自己即刻振作起來。

先不管安以翔，徐志勛今天都特地空出時間跑來看我比賽了，我怎麼能讓他失望呢？一想到這裡我不再猶豫，伸手拿了一碗離自己最近的滷肉飯，三兩下就扒下肚。

「6號妹妹的吃法真的非常有福氣呢！」眼鏡大叔走到我面前對著我露出一抹鼓勵的微笑。

「叔叔她是我們學校出了名的神豬喔。」

台下突然毫無預警地響起一道稚氣的男聲。

只見安以翔扯開喉嚨大聲起鬨，臉上掛著一抹嘲諷的微笑。

我惡狠狠的瞪向他，沒想到安以翔非但不怕，在對上我兇惡目光的那一秒，怪腔怪調的又重複了一次：「神豬臻臻，都已經是神豬了還吃這麼多，醜女。」說完還不忘朝我扮了個鬼臉。

我翻了個白眼，並沒有想要理會他的意思，只是在我準備收回眼神繼續專注比賽的時候，卻瞥見徐志勛臉上閃過一抹，淡得幾乎無法輕易辨識出的笑意。

雖然他很努力在克制，但嘴角細微牽動的弧度，卻宛若一把無比鋒利的鐮刀，在我心上切出一道傷口，流出汩汩鮮血。

「神豬、神豬妹！」

安以翔的聲音不大，但周圍嘈雜的人群彷彿瞬間噤聲，頃刻間，只剩下安以翔戲謔地嘲諷在耳畔不斷迴盪。

冷眼看著一切發生的徐志勛，和那天在教室裡出聲制止郝芮莉的徐志勛，為什麼明明都是徐志勛，看起來卻如此不一樣……。

時間彷彿靜止了，安以翔朝著我扮鬼臉的動作變得緩慢，站在一旁的徐志勛來回看著我和安以翔的眼神也更顯傷人，台下觀眾張著嘴對著台上指手畫腳，我卻聽不到他們在說些什麼，眼鏡大叔舉著麥克風又一次看向我，一張一合的口型看上去好似也帶著一抹淺笑。

我好想現在就離開這裡……

大胃王比賽什麼的，對我來說都不重要了。

我不想比了……。

早知道就聽爸爸的話，不要來參加比賽了……。

早知道，就不要答應了，如果當初沒有答應徐志勛，他就不會見到我這副模樣，或許在見到這樣的我之前，他還不至於認為我是神豬……。

重重放下手中的碗筷，「哐」的一聲再次將我帶回現實，周圍又恢復原先喧鬧的模樣。

我不敢再將目光投往台下，安以翔的訕笑始終沒有停過，以前的我對於這些明明都能泰然自若地當耳邊風，只是不知道怎麼的，此刻這些話聽起來卻異常刺耳。

刺耳的讓人想哭……。

「你們看神豬放棄了，神豬竟然停下來了欸哈哈哈，神豬她弱爆了，那麼肥……她還……。」

突然間，安以翔肆無忌憚的大聲嘲諷變得微弱，彷彿被旋緊音量鍵的音響，只剩極為細碎的悶哼。

我詫異的望向台下那張一開一合的嘴，以及嘴的主人扯開喉嚨奮力嘶吼的模樣，傳入耳中的嘲諷聲明明該是越來越大才對，這究竟是怎麼一回事？

不對，似乎不只安以翔，現場所有的雜音一時間，宛若通通被罩上一層吸音海綿，傳入耳畔的，只剩詭異的「嗡嗡」聲。

我疑惑的將目光從安以翔身上移開，淚眼矇矓間，卻見台下所有人也同樣訝異的望著我，準確來說，是望著我頭頂上方。

眼鏡大叔的表情看上去十分錯愕，愣在原地，一臉搞不清楚現在到底是發生什麼事的表情。

「杜臻臻加油！妳是最棒的！妳是最棒的！妳一直都是最棒的！」

除了嗡嗡聲以外，這是我唯一可以清楚聽到的聲音——

方偉皓用盡全力的吶喊。

隨著大家的目光，我跟著轉過頭去，不解地望向站在我身後的男孩，方偉皓沒有鬆開摀在我耳朵上的手，他直挺挺的站著，面目猙獰不斷地喊道：「杜臻臻不可以放棄！妳是最棒的！妳是全世界全宇宙無敵棒的杜臻臻！」

台下觀眾似乎對於方偉皓的脫稿演出感到很新鮮，就連安以翔也將鄙視的目光從我身上移開，轉向站在我身後的方偉皓，可是方偉皓對於這些訕笑毫不在意，直到比賽結束為止他沒有停止過大聲呼喊。

最後，我以兩碗之差輸給了身旁的漂亮女生夏夢柔。

「如果不是妳今天失常，我覺得我很可能會輸。」賽後，夏夢柔非常有風度地來到我身邊對我說：「我之後也會繼續努力的，希望下次還可以在其他大胃王比賽看到妳。還有……」夏夢柔頓了頓，突然紅著臉不太好意思的接著說道：「謝謝妳今天沒有放棄……剛剛一直在後面大聲幫妳加油的男生呢？怎麼沒有看到人？」

比賽一結束，方偉皓這個傢伙就又不知道跑去哪裡了，循著夏夢柔游離的眼神，我也跟著朝四周張望，可依舊沒有看他瘦長的身影。

「不知道欸，可能已經到大門口等我了吧。」我對著夏夢柔無奈的笑著聳了聳肩。

「他……是妳哥哥嗎？」聽到我的回答，夏夢柔臉上閃過一絲失落。

「不是欸，他是我國小同學，又剛好是我鄰居，我們都是第三國小的，他叫做方偉皓。」看著夏夢柔美麗的臉蛋，我不知不覺就把方偉皓給賣了。

不過也是拖方偉皓的福，讓我與夏夢柔成功交換了聯絡方式，算是這場比賽下來最大的收穫，「下次記得要介紹妳朋友給我認識喔！」收下我的電話號碼，夏夢柔露出雪白的牙齒嫣然一笑。

結交一個興趣相投的朋友讓我一掃方才的壞心情，與夏夢柔分開以後我又在會場附近繞了一下，卻仍舊找不著方偉皓的身影，只好搭上手扶梯到大廳等他。

在我產生，或許方偉皓是意識到剛剛自己的舉動有多麼丟臉，所以比賽一結束，就匆匆撇下我落跑之時，就見他小心翼翼地捧著兩盒章魚燒向我走來。

「你跑去哪裡了？」我沒好氣的問。

「我去排章魚燒啊，妳不是很喜歡吃這裡的章魚燒嗎？」方偉皓憨笑著將其中一盒遞到我面前，「趁熱吃吧，妳吃不夠可以吃我的喔，反正阿姨說今天晚上要請我吃牛排。」

看著那盒冒著白煙的章魚燒，我突然有點感動：「那個，剛剛比賽的時候謝謝你喔。」

仔細想想，如果不是方偉皓，我剛剛真的很有可能在比賽途中落荒而逃，再加上他消失了這麼久之後，帶著我最愛的章魚燒出現，讓我忍不住覺得這個方偉皓雖然有時候白目了一點，倒也還算個不錯的朋友。

「好……燙。」

只見他含著一顆章魚燒口齒不清的說：「嗯？剛剛會場太吵了。我……只是想要走近一點幫妳加油而已。」丟下這句話，方偉皓便自顧自的走出百貨公司，把我遠遠拋在身後。

從那天起，刺蝟頭男孩在我心中，不再是個惹人厭的臭男生。

我們變成最好的朋友，參與了對方人生中的每個重要時刻，頻繁的一起上下課、一起寫作業、一起學游泳、一起參加各式各樣的夏令營、一起在對方家打發時間、一起考試不及格。

一晃眼就到了準備苦惱升學的年紀。

第二章 神豬也能立大功

「為什麼不可以？」我堵在辦公室門口，說什麼都不肯讓學務主任踏出辦公室一步。

「拜託妳放過老師好不好，我不是已經跟妳說……。」

「要二十五個同學聯名發起，我已經達到了啊！你看！」我舉起那張簽滿二十五個名字的申請單在學務主任面前晃了兩下：「這樣還不行嗎？」

學務主任一把抄下我手上的申請單，指著單子上的名字激動的吼道：「吳書豪、任家煒、張志銘、方偉皓這幾個人都是籃球校隊的同學，妳不要以為我不知道。規則是要連署發起人在社團創立後成為該社社員，請問這份名單上有幾個人是妳創社後，真正會進到社團活動的人？」

「三個……」我低著頭自覺站不住腳。

「幾個？」學務主任很故意，明明就聽到了，還刻意彎下身來將耳朵擺到我面前。

「三個！」我朝著他的耳朵大聲吼道。

哼，這樣總該聽到了吧。

霎時，只見學務主任臉色一青。

半開半合的口型，看上去很像準備要問候我媽媽。

只是礙於為人師表，他還是咬牙切齒的將即將脫口而出的問候吞了下肚，「ㄍ……三……個？只有三個妳好意思在這裡跟我鬧？至少要十五個我才會同意蓋章！我已經對妳很寬容了，杜臻臻同學，妳真的不要太過分。」

吼畢，氣憤的將申請單甩回我身上。

可惡，我又失敗了，加上前幾次這回已經是第四次被何清明打回原形。

這個何清明，名字雖然跟韓劇《德魯納酒店》裡的帥男二取得一模一樣，卻一點也不韓系，更不是什麼暖男大叔，甚至還有點邋遢，我好幾次看到他在辦公室裡偷偷把皮鞋脫掉換上五金行買來的藍白拖。

不過，這些當然都不是重點，重點是負責審核學生社團的老師偏偏是他，讓我坎坷的創社之路更是荊棘滿佈。

「喂，妳成功了嗎？」方偉皓溫吞的聲音從電話那頭流洩而出，每次跟方先生講電話我都會想到木柵動物園裡的熊毛。

「沒有，何清明果真是個難纏的傢伙，哼，不過我是絕對不會放棄的。是說你今天練習結束了？」

「嗯，正在整理，拖完地等一下就能走。」

「OK，那待會基地見。」

「好的，我收拾收拾十分鐘後到。」

升上高中以後我跟方偉皓又混到了一起，從國小到高中一路同校的驚人紀錄全校大概沒幾個。

只不過硬要說起來，應該是方偉皓「跟」著我一路升上來的，就憑這傢伙有一張免死金牌，打著這張免死金牌，讓他根本不用念什麼書，也不用多認真準備升學考試，只需要每天努力打籃球就有一堆學校搶著要他。

「你為什麼不去第一高中？第三高中的籃球隊又不強。」準備升高一的那個暑假，我一面舔著蘇打冰棒，一面好奇的看向我身邊那個已經把《灌籃高手》看到爛掉，卻仍然看得津津有味的大高個兒。

「第三高中比較近啊，第一高中要轉車轉很久，很累欸。」方偉皓一臉理所當然的拿起面前的雪碧猛吸，「欸，冰箱還有冰棒嗎？」

我不耐煩的起身替他從冰箱拿了一支紅豆牛奶冰：「付錢。」

方偉皓當然不會付錢，他甚至連謝謝也沒說，接過冰棒時，眼睛始終緊緊黏著電視，深怕漏看任何一個細節。

「欸，我想看烘焙王。」我沒好氣的在他身旁落座：「這集你已經看過很多次了，可以讓我轉台嗎？今天東和馬要參加一場很重要的比賽，對方是有女王之手的超級強敵。」

「……。」

好喔，就當我是在自言自語。

方偉皓愛籃球成痴，準確來說是方偉皓這個人除了籃球以外，一無是處。

就是個徹徹底底的體育笨蛋——除了運動以外什麼都不會的笨蛋。

不過他是真的有天份，在我們國小時，曾是籃球國手的方叔叔便發現了方偉皓與眾不同的籃球天賦，並決心將他培養成與自己一樣的籃球選手。

長大後的方偉皓與小時候最大的差異，應該就是國二那年暑假他一口氣飆長了十五公分，到現在已經是個身長一八三的大高人。

除去身高以外，其餘倒是沒什麼太大的差異，尤其是那顆十六年始終如一的刺蝟頭，如今也不過是體積變大而已，雖說是球隊的規定，但方偉皓自己也認為刺蝟頭確實比較方便整理。

唉，儘管很不想承認，但不得不說從國中開始，方偉皓突然變得很受女生歡迎。

只是不知道是因為那張臉我已經膩到不想再看，還是他確實不是我喜歡的類型，所以每當有女生因為方偉皓的關係接近我，在我耳邊七嘴八舌地扯一堆「方偉皓好帥、好有魅力、好可愛」之類的話，我永遠只能以假笑回應。

至於我呢，除了體重在短短五年間增加十五公斤外，實在也沒什麼好補充的，人家方偉皓是豎向發展了十五公分，我則是橫向發展了十五公斤，長高的方先生成為女孩們迷戀的對象，我則理所當然的讓所有男孩們更加避之唯恐不及。

好個活生生的人生對照組。

但……人生難免還是會有一些莫名其妙的例外啦。

「杜臻臻，我喜歡妳，請妳答應跟我交往。」

例如國一那年，我收到了人生中的第一次告白，對象是——我們班學藝股長，本班唯一一位體重破百的同學。

我不知道他是覺得不會有其他女生喜歡上他，所以才選擇我。

還是真的原本就喜歡像我這樣身型飽滿的女生，總之，對於曾經考慮過，是否該給他一次機會的那個年幼無知的杜臻臻，我至今仍舊無法釋懷。

因為在我收下他的情書，告訴他我會好好考慮的幾天後，不小心在轉角聽見他和班上其他男生的對話。

「欸，聽說你跟肥婆臻告白了？」

「對啊。」

「幹，你是不是頭殼燒壞，雖然不論身材她長得算是蠻可愛的，但跟那種肥婆在一起還是會覺得很丟臉吧。」

「幹，我就覺得同情她啊，胖子應該要彼此互助一下。媽的嘞，結果她還給我擺架子說什麼要考慮一下，好像自己行情很好一樣，我敢跟你保證她這次拒絕我，一輩子都別想再有人跟她告白，胖子就是要像我這樣有點自知之明，但她卻沒有。」

我沒有繼續把這些傷人的話聽完，雖然跑到廁所洗臉時，赫然發現鏡子中的自己，一雙眼睛早已腫得跟紅肉李一樣，我還是不斷在心裡告訴自己：「不要在意別人不負責任的評論，不要為了對方根本不放在心上的言語而受傷。」

從那次以後，我基本已經對戀愛不抱任何期望，不過我不談戀愛是有理由的，方偉皓不談戀愛就讓我很無法理解了。

「這次又是什麼？」看著方偉皓交到我手上的粉紅色包裝盒，我眨著眼睛望著他，露出一個

「怎麼又來了」的表情。

「我有點忘記……嘶……好像說是自己做的布朗特嗎？」

很好，這個收禮物的傢伙完全沒把對方的心意放在心上。

「是布朗尼，布朗特是一隻狗吧。」我沒好氣的糾正他。

「狗的話應該是叫做布魯托。」

我翻了個白眼不想繼續這個沒營養的對話。

「這樣好嗎？」

每當這種時候我總會意思意思問一下，以示我至少還有點道德良知，然後在方偉皓鼓勵的眼神下，沒有猶豫太久的，將包裝盒打開。

「哇賽——這次是何方神聖？這個蛋糕看起來不是普通的專業。」

「她好像說自己是烹飪社的，反正妳快吃吧，好像才剛烤好的樣子，所以我一收到就飛奔過來找妳了。」

於是，這個體育笨蛋就這樣收了一堆小女生花心思做得小蛋糕、小餅乾，然後非常沒有良心的全部投放進我的胃裡。

身為共犯，我偶爾還是會感受到自己那顆沒什麼原則的良心正隱隱作痛。

只是每當我良心大發的提醒他：如果收太多次沒有拒絕，很容易造成女生誤會，淪為眾矢之的。

這傢伙永遠都只會回我一句：「我確認過對方是粉絲才會收，是告白的話我就不收了。」

呵呵，以他這點智商，怎麼可能分得出來是真粉絲假告白，還是假粉絲真告白呢。

「方先生，我嚴重懷疑這個蛋糕跟上次的布朗尼，出於同一位愛慕者之手。」我舉起一個灑滿巧克力碎片的杯子蛋糕，在他面前揮舞。

方偉皓斜著腦袋「喔——」了好長一聲後，才像是終於想起什麼一樣：「難怪她問我上次的布朗特蛋糕好不好吃。」

「是布朗尼。」我咬下一口蛋糕淡定的糾正他：「所以呢？你怎麼回答人家？」

「我說我不太喜歡吃甜的。」

嗯哼，方偉皓這種有話直說的直男個性，有時候真的讓人恨不得直接把他的刺蝟頭剖開，看看裡面到底都裝了什麼東東。

我本來以為這次以後，對方不會再做任何東西送給方偉皓這個只愛籃球不愛女人的笨蛋，沒想到不到兩周後的練習賽，方偉皓又一次捧來一個粉紅色的包裝盒。

看著那個熟悉的包裝，我忍不住重重地嘆了一口氣：「這次……又是什麼，還有……。」唉，除了嘆氣以外我實在想不到其他更適當的反應，該說的都跟他說了，結果方偉皓這個大白癡這次又收了人家的東西，我看他最後不是被女人的眼淚淹死，就是被冠上「渣男」的名號含冤而死。

那麼，我這個在背後吃掉所有東西的人，勢必也會跟著一起下地獄。

我哀怨地拆開包裝盒上的愛心蝴蝶結，濃濃的柴魚片香氣一擁而上，我嚥了口口水，抬起頭來詫異地望著方偉皓：「哇！這次是章魚燒欸。」

方偉皓探出他的刺蝟頭，呆頭呆腦的往盒內掃了一眼，然後又一次露出那個憨憨的笑臉：「太好了！妳不是很喜歡吃章魚燒嗎？」

ㄜ……先生，現在重點是我喜歡吃什麼嗎？

重點是那個以粉絲為名義，送來各式各樣精緻糕點的女孩記下方先生不喜歡吃甜食，所以這次精心準備了「鹹」食來給他吃，那麼按照著個趨勢來看，就代表下次她還會繼續準備其他「鹹」食來餵養方選手。

明擺著是抱著一個，要抓住他的心，就必須得先抓住他的胃的進攻模式。

如果真是如此，這些東西全都進入我的胃袋一事，終究會在某一天紙包不住火。與其坐等東窗事發，不如主動出擊。

「對方是個什麼樣的女生？」

雖然手上捧著一盒香噴噴，而且看起來很美味的章魚燒，但我真的一點也高興不起來，滿腦子都在想著：如果有一天走在路上遭人暗殺我該怎麼辦？畢竟現在這個社會愛不到就要拿刀捅人的神經病這麼多。

「怎麼樣的女生？就是看起來跟我們差不多大的……高中女生啊。」

好喔，有講跟沒講一樣。

「方先生，請問你是不是只分得出來對方是男是女，其他一概不管，還是因為對方不夠正你才這樣？」

「如果妳真的這麼想知道，下一場比賽妳就一起來嘛。」方偉皓一副很委屈的樣子，別人看了搞不好還會以為是我在欺負他。

好吧，出來混還是要還的，吃了別人的東西就必須負起責任。

不過說到底我還是太小看方選手的魅力了，比賽一結束就有大批粉絲聚集在出口等候球員，尤其是方偉皓一出場就能明顯感受到人潮的流動。

「傻眼不是高中聯賽而已？怎麼可以吸引這麼多人？」我一邊擠開身旁不受控制嚷著要合照的粉絲，一邊還要注意捧著粉紅色包裝盒的那位女孩有沒有在附近出沒。

終於，我的好奇心在幾乎所有人都拿到合照，笑容滿面的退場後得到了解答。

「方選手，我真是為了你吃盡苦頭呢。」我沒好氣地拉了拉因為推擠而皺在一塊的制服，正準備拗方偉皓請我大吃一頓麥當勞晚餐當補償時，身後突來傳來一聲清亮甜美的呼喚。

「臻臻！天啊！妳是杜臻臻嗎？」

在我毫無防備，回過頭的那一瞬，我發誓絕對沒有誇張，當下我真的是無意識倒退了一大步。

一切的一切，純粹只因來者太過耀眼。

呼喚我的，是一個身形高挑、四肢纖細的美少女，一頭淺栗色的波浪捲髮俏皮的梳成蓬鬆的包包頭，高高盤在頭頂，耳下幾縷飄散的鬢髮輕輕拂過那張精緻白皙的鵝蛋臉，夢幻的宛若剛從漫畫裡走出來的仙女，唯有那雙深邃的大眼睛我總覺得好像在哪裡見過。

「我是夢柔啊，夏夢柔，妳忘記我了嗎？」見我久久沒有反應，少女嘟起小嘴佯裝生氣地說。

「夢柔⋯⋯」怎麼連名字都很耳熟，我歪過頭奮力思索，腦海裡跑過一張又一張模糊的面孔，最後思緒總算帶我回到五年前那場大胃王比賽，「啊！我想起來了，我們在百貨公司美食街見過！」

只見少女露出一個「妳總算是想起來」的表情，掛上好看的笑容接著說：「比賽後沒幾天我有打過電話給妳，可是不管怎麼打妳都沒有接。」

交換聯絡方式的部分我還有印象，至於沒接電話的原因嘛，我尷尬的笑了笑，不好意思的抓抓頭：「那支手機當天就被我忘在公車上，再也沒有找回來過了。」

「那就好，我還以為是妳故意不想接我電話呢。」夏夢柔對著我甜甜一笑，而後便將視線從我身上移開，轉向站在我身旁的傻大個兒，那個眼神的轉換只要是人應該都能輕易辨別出差異，偏偏方偉皓這個大白癡，還一心一意的認為對方只是單純為了他的球技而來的小粉絲。

「偉皓，你今天也打得很好、很厲害喔！這次我又嘗試了新的料理，這是煙燻鮭魚派，不知道你會不會喜歡。」夏夢柔低著頭，臉帶潮紅的遞出那個熟悉的粉色包裝盒。

基於剛剛過度專注於她的美貌，以至於那個粉色包裝盒出現眼前時，我難掩激動的情緒，忍不住倒抽一口好大的氣，惹來夏夢柔疑惑地注視。

原本擔心方偉皓這個察言觀色能力為零的傢伙，會開口說出東西其實都是被我吃掉之類的危險言論。

好在他還沒有白目到這種境界，傻笑著接過包裝盒暫且度過一場危機。

「妳現在還有在參加大胃王比賽嗎？」離開前夏夢柔又一次留下我的聯繫方式，雖然我知道主要是留了我的之後她可以很自然的「順便」也留下方偉皓的，不過既然對方是夏夢柔這種頂級大美女，應該也算是方偉皓賺到吧。

「現在這種比賽形式的好像比較少了，但我有去挑戰過餐廳限時四十分鐘內吃完十人份咖哩就免費的那種。」我點開一張之前在一間新開張的日式咖哩店挑戰成功的認證照片給夏夢柔看。

「哇，希望我們還有機會可以再比一場，感覺妳的實力好像又進步了。」夏夢柔的表情很認真，「對了，我現在是我們學校大胃王社的社員，我們不定期會舉辦一些比賽，如果妳有興趣也可以來參加。」

「大胃王社？你不是烹飪社的嗎？」我惡狠狠地瞪了一眼方偉皓，一定又是在他這裡造成的誤傳。

夏夢柔輕笑了幾聲：「不是不是，我是大胃王社的社員，只是對烹飪很有興趣有去參加相關課程而已。」

我點頭如搗蒜的表示難怪她可以做出燻鮭魚派這種聽起來很高難度的餐點，只不過下一秒我就馬上意識到，竟然有學校願意成立一個培育大胃王的社團，這是一件多麼振奮人心的事啊。

於是……。

「我一定要找到學校裡隱姓埋名的實力者。」我朝著方偉皓兩個月前，不知道從哪搬來的木製矮桌上用力的拍了一下。

「我已經讓整個球隊的人替妳簽名了，這樣還不行嗎？」方偉皓換上一套乾淨的便服站在我身邊，雙手撐著桌面一臉疑惑的看著那張被退回來無數次的創社申請單。

「何清明幾乎把整個球隊的人都記起來了，所以無效。」

「是喔，那上次被退回來的原因是什麼？」

「創社意義不明。」

「那上次呢？」

「創社意義不明。」

「嗯？啊不是都一樣，所以怎麼解決？」

「我在申請單上保證創社後會積極參與相關比賽替學校爭光，然後我還舉了現在時下很多大胃王直播主的例子，表明在高中的時候趁早發掘搞不好未來也能培育出揚名國際的大胃王明星……。」自己講講都覺得很心虛。

「不錯欸，蠻有說服力的。」至於方偉皓買單我倒是沒有很意外啦。

我看學務主任八成是看在我來來回回好幾次很有誠意的份上，才勉為其難讓我通過的。

「總之，現在最困難的是我到底要到哪裡去生十五個社員出來啊？」我無力的癱坐在椅子上，「申請時限就快截止了說。」

這裡是我高一上學期打掃外掃區的時候，意外發現的廢棄小教室，位在回收室旁邊一個很偏僻的小角落，平時根本沒什麼人會來。

剛開始發現時，這裡被堆滿了各式各樣社團棄置的雜物、掃除工具等等，我跟方偉皓就利用早自習空檔把這裡稍微改造了一下，其實稍微整理過後這裡倒也算是間挺愜意的小空間，讓我想起阿爾卑斯山的小蓮跟她爺爺住的小木屋，畢竟我們學校靠山，時常會有小松鼠、小麻雀，運氣好一點還會看到台灣藍雀在樹枝上跳來跳去。

OK，我扯太遠了。總之我跟方偉皓算是佔領了這個小空間，放學沒地方去的時候就會跑來這裡殺時間，久了，我們都喚這裡為——基地。

「唉，我看是真的沒有其他辦法了。」

特製松阪豬排在烤盤上吱吱作響，今天我難得在第三份餐點上桌前就停下手中的刀叉。

「臻臻最近看起來很辛苦欸？要不要再點一份蘑菇醬的鐵板麵，還是阿姨再叫一個冰島鱈魚排加蛋？」

方偉皓的媽媽是個與冷艷外表十分不同的開朗婦人，也是這十六年來除了我爸媽以外「養」我養得最心甘情願的人，我在他們家所花的伙食費，從以前到現在加總起來絕對會是一筆相當可觀的數目。

「阿姨，我的夢想破滅了。」我叉起松阪豬身旁黯然失色的花椰菜，以示我此刻的心情就像這棵索然無味的「樹」一樣。

「我聽偉皓說了，不過創社某種程度來說就跟創業一樣，一開始總是會比較辛苦。」阿姨眨了眨畫了美豔眼妝的大眼睛，據我所知美麗動人的阿姨是某間知名食品公司的公關經理，職場與家庭兩得意的超級女強人。

「但是我真的湊不足十五個願意加入大胃王社的同學……」學校明文規定每位同學只能加入一個社團，除了班上一個跟我比較要好的女同學，還有隔壁班的康樂股長看在國中同為動漫研究社社員的份上願意情意相挺、以身相許以外，就……

沒有之後了……。

「我倒是有個不錯的建議。」阿姨眼帶笑意瞄了一眼身邊忙著切牛排的傻大個兒，示意我將耳朵靠向她。

「這樣真的行得通嗎？」方偉皓一臉呆萌的捧著手機，滿臉大寫的問號。

「總比你們一個一個問來得有效果吧！」阿姨一把搶去方偉皓的手機毫不猶豫的點下發佈貼文。

「現在都什麼時代了，要幹大事網路放著不用幹嘛？」阿姨瞪了一眼身邊空有身高沒有腦的兒子，「我說你社群平台粉絲這麼多幫臻臻宣傳一下很難？我可是行銷部出身的企劃天才，到底是怎麼生出這麼不知變通的兒子，我到今天都還是無法理解？」

「所以你應該真的是像到你爸吧。」

這是第二天我在基地對方偉皓說的第二句話，第一句話是：「何清明終於受理我的社團申請書了。」

在阿姨提議要利用方偉皓的高人氣做宣傳時，我還抱著半信半疑的態度，直到今天中午陸陸續續來我們班門口表明有意願加入大胃王社的人數，早已遠遠超過原訂的二十五人時，我才意識到原來我當初根本就是找錯幫手了，早知道就直接越過方偉皓請阿姨指點迷津，白白繞了這麼大一圈。

阿姨說我之所以招不到社員，是因為截至目前為止觸及到的同學太少了，除了自己班上跟隔壁班同學以外，其他人根本無法獲得這個資訊，還說大胃王社其實是個很新穎的想法，只要妥善將資訊發送出去應該不至於無人問津才對。

果然，薑還是老的辣。

方偉皓撇著嘴一臉「像我爸不好嗎」的委屈表情。

「好啦好啦，還是要感謝一下你的超高人氣，走當作報答，姊姊請你吃冰淇淋。」我舉起手拍拍方偉皓厚實的肩膀，身為前明星籃球員的兒子，同時也擁有一手好球技兼勉強稱得上帥氣外表的方偉皓，光是臉書好友就已逼近五千人，Instagram上的粉絲人數更是發一篇文，就幾乎能觸及到全校一半以上同學的境界，如果不是憑著他的高人氣應該也達不到今天這般高強度的宣傳效果。

「那接下來要做什麼？」回家路上方選手呆萌舔著紅豆粉粿冰棒，看起來很像是我阿公家之前養的拉布拉多。

「最近好熱……我今天想吃迴轉壽司。」忖前思後一番，還是覺得生魚片配醋飯的組合最消暑，剛好距離學校不遠處就有一間連鎖壽司店。

我拉著方偉皓側背包的背帶緩緩跟在他身後，天氣太熱走個幾步就覺得有氣無力，有個施力點拉著走好像比較不會那麼累。

加上方偉皓對我的縱容，已經到了用「放縱」兩個字形容也不為過的境界，因為他從來都不會制止我的惡霸行徑，跟方偉皓在一起的時候我總是為所欲為，只有偶爾會良心發現決定善待他一下，例如幫他出個冰棒錢，或是陪他一起看《灌籃高手》之類的。

「其實我剛剛是要問妳社團下一步要做什麼？」走進迴轉壽司店，方偉皓把比較靠近出餐口的位置讓給我。

「嗯，好問題。」說實話……我還沒想過這個問題，唉，光是弄個社團申請書就讓我期中考試退步十名了，社團成立後具體要做些什麼的計畫表，竟然到現在還是一張完好全白的A4紙。

「該不會每一堂社課都在吃東西吧？這樣社費會很貴喔。」方選手的憨厚老實有時候挺一針見血的，只是他自己卻不知道。

「也是，雖說是大胃王社也不能每節社課都在吃東西……」我低下頭看著方偉皓替我泡好的日式煎茶。

「您好，不好意思打擾了。」一道清亮甜美的女聲打破沉默，身著橘紅色制服的店員拿著一張海報笑容可掬的站在我們身後。

「本店現在在舉辦活動，只要能在四十五分鐘內將吃完的壽司盤疊起來，並且高過於本人身高就可以全額免費，另外還有三千元的抵用券獎品，請問二位有興趣挑戰嗎？」

方偉皓遞給我一個眼神，一個眼神我就讀懂他的意思，立刻轉頭對店員說：「我要挑戰，他不用，他說他太高了不可能在四十五分鐘內吃完。」

聽完我的回答女店員瞄了方偉皓一眼，臉頰上卻泛起一抹可疑的紅暈，而後靦腆的對著我笑了一下，「那小姐請跟我來這裡量一下身高喔。」

女店員帶我量完身高走回座位的時候，經過另外一個短髮女店員，她朝著方偉皓的方向一努嘴，兩人默契的相視一笑。

嗯，對於方偉皓的女人緣，我真心難以理解，雖然說青菜蘿蔔各有所好，但「好」方偉皓這款蘿蔔的女性似乎不佔少數。

我不明白，不就是一個傻呆傻呆的大高個兒嗎？

「你覺得是我真的長高了，還是他們故意把身高表調高？」趁店員去拿計時器的空檔，我轉頭看向一旁專注挖著茶碗蒸的刺蝟頭。

「妳不是一五八嗎？」

「對啊，但是我剛剛量一五九，所以才問你有沒有覺得我長高？」

「沒有吧。妳從國二開始就沒什麼長高了，而且我上次不小心看到妳的健康檢查表，上面寫一五六點九。」

要不是店員剛好走過來按下計時器，不然我真的很想狠狠朝那顆刺蝟頭巴下去。

「四十五分鐘計時開始，計時結束我會再過來，祝您挑戰成功！」

在我瘋狂拿壽司的同時，方偉皓突然默默的把手機架到我面前。

「你幹嘛？」我口齒不清的問道。

「幫妳錄縮時攝影啊，感覺會很有趣。」

我翻了個白眼不打算理他，方偉皓大概吃了十盤左右就放下筷子開始幫我張羅檯面上的壽司。

這個挑戰說實話並沒有想像中的容易，我的身高是一五九公分，換算成盤子數量是一百盤，如果一盤是兩個壽司那麼我必須吃兩百個壽司才有可能達成挑戰，老實說兩百個壽司我有點沒把握，之前最好的紀錄是四十分鐘吃完一百八十七顆章魚燒，說飽是還好但會很膩倒是真的，好險這次挑戰沒有規定只能吃壽司，我吃膩的時候還可以拿個泡芙或是果凍換換口味。

「已經六十六盤了加油妳可以的，還剩二十二分鐘。」方偉皓看起來比我還要緊張，不斷往我的茶杯裡加水。

「我可以的。」嚥下嘴裡的旗魚壽司，我緊接著又從轉盤上拿下一盤一樣的，橘紅色的盤子在桌面上，像小山一樣積聚起來引來許多圍觀與側目。

還有幾個穿著我們學校校服的同學忍不住拿起手機錄影，我知道本小姐此時此刻的吃相肯定不會好看到哪裡去，但我現在也沒那個美國時間在乎形象了，身為大胃王社的社長，必須以身作則，征服強大的壽司軍團。

「同學，加油啊。」坐在方偉皓身邊的年輕女郎也站起身來替我打氣，我一眼便認出她是我們學校這學期新來的音樂代課老師。

「再二十三盤就好，還有十五分鐘，妳可以的。」

「加油。」

「那是我們學校的欸，天啊好猛喔，加油加油。」

周遭此起彼落的加油聲讓我的勝負欲燃至最高點。

「十、九、八、七……」方偉皓十分盡責地幫我倒數，我發現如果他以後不打籃球倒是很適合去當大胃王比賽的工作人員，真的全場都沒有閒下來過。

最後十秒鐘我已經顧不了那麼多了，舉起兩盤連口味都不知道是什麼的壽司，直接往嘴巴裡胡亂塞入。

店員在數盤子的時候，我的心臟簡直就要從左邊胸口跳出來了，方偉皓對我豎起大拇指的同時全場瞬間歡聲雷動，一百零一盤，我竟然在四十五分鐘內吞下一百零一盤壽司，真是太不可思議了，看來這一切都要歸功於身為「大胃王社社長」的使命感。

「嗯，就在剛剛那短短的四十五分鐘，我決定好第一堂社課要做什麼了。」看著兩疊色彩繽紛的壽司折價券，我如釋重負的說。

「你看我剛剛幫妳拍的縮時攝影。」方偉皓點開影片舉到我面前，「妳上次說的大胃王直播主是不是也都是這樣拍的。」

「欸，你角度抓得不錯欸。」我滿意的將影片傳給自己。

「所以你剛剛說第一堂社課要做什麼？」方偉皓接回手機後好奇的問。

「各位同學大家好，首先真的非常感謝大家願意加入大胃王社，我是社長一年十班杜臻臻。」

社團成立後的第一堂社團活動課，我既興奮又緊張的站在講台上，算上我，最終成為大胃王社社員的同學，共有十七位，雖然不是說很多，但是對於這樣的結果我已經很知足了。

「第一堂社課想先彼此認識一下，然後順便瞭解大家對於大胃王的認知程度。」我將麥克風遞給座位離我最近的，我的同班同學——林萱。

「嗨大家好，我是一年十五班林萱，跟社長大大是同班同學，加入大胃王社前是熱音社濫竽充數的社員，明明什麼樂器都不會卻加入熱音社，純粹只是因為熱音社帥哥多。」林萱眯起眼睛環視了教室一圈，而後微微勾起嘴角，那是她的招牌表情，總是給人一種鬼靈精怪、猜不透她在想什麼的感覺，「我覺得大胃王，是一群特別幸福的人，因為我超級喜歡吃台北車站地下街的甜甜圈麵包，口味很多，每一種看起來都很好吃。如果是大胃王的話就可以一次吃遍所有口味，不會像我一樣考慮老半天最後還是只能買一兩個，所以我覺得大胃王真的很幸福。」

「妳確定不是因為沒錢的關係才只能買一兩個嗎？」坐在林萱身邊的黑框眼鏡男打趣的說。

「咦？這樣說也是！大胃王雖然吃得多，但伙食費應該也很可觀。」林萱笑了一下不打算否認，「社長大大我說完了，下一位。」

我拱了拱手示意坐在林萱身旁的黑框眼鏡男接著說下去，雖然是生面孔，但黑框眼鏡男似乎是屬於比較善於社交、不怕生的類型。

「大家好，我是一年一班練智遠，之前是英語話劇社的社員，我從以前就很喜歡看日本的大胃王比賽，覺得社長想創立大胃王社的想法很酷，因為好奇所以才選擇加入，很高興可以認識大家。」

接下來的同學們接二連三的講出自己決定加入大胃王社的理由，我在大家說明的原因中歸納整理出最主要的兩點，覺得很新鮮而加入社團的佔最大宗，極少部分是像練智遠這樣平常就有在關注大胃王比賽的人，而唯一一個有實戰經驗的就只有本人在下我。

「我參加過大胃王比賽。」

在我聽到這句自白以前，原本是這樣以為的。

目光循著聲音落在最後一排的男孩身上，那雙烏黑有神的眼瞳讓我感覺似曾相識。

「我是一年八班，夏淳宇。」

沒錯，那個抬頭挺胸的高傲模樣，還有那顆帶點自然捲的蓬蓬頭，確實是我記憶裡那個充滿自信的男孩。

只是眼前穿著整齊制服的男同學已經從過去的小毛孩，進化成走在路上會讓人忍不住想多看幾眼的小鮮肉而已。

我對夏淳宇的印象還停留在百貨公司的那場大胃王比賽，他游刃有餘的掃空六十八顆章魚燒的自信模樣至今仍記憶猶新，本來以為沒有機會再次較量，沒想到我們之間竟然還有這樣的緣分，我試圖在那雙炯炯有神的瞳孔間找到一絲或許夏淳宇還認得我的線索，無奈這個男孩比我想像中的更加目中無人，雖然小時候就大概在他身上感受過這股傲氣，只是親眼目睹還是覺得很不可思議。

夏淳宇的自我介紹極為簡短，就連其他同學在介紹時也不見他抬頭多看一眼，看上去是個徹頭徹尾厭惡社交的獨行俠。

在接下來近乎大同小異的自我介紹中，我的目光一直忍不住飄向夏淳宇的方向，在我印象裡，他不曾來找我簽過創社連署名單，但今天卻如此泰然地出現在這裡，實在令人百思不解。

「社長社長，所有人都介紹完了喔。」林萱爽朗的聲音將我從紊亂的思緒中強行拉回。

「喔……好，嗯……總之真的非常感謝大家願意相信我並加入大胃王社。」我嚥了嚥口水，「那個……那麼除了夏淳宇同學有參加過大胃王比賽以外，還有其他人有參與過跟大胃王有關的活動經驗嗎？有旁觀過也是可以的？」

「那看過社長吃壽司的影片算嗎？」練智遠推了推眼鏡一本正經地問道，惹得台下同學們紛紛笑了出聲。

其實會這麼問，純粹是為了接下來的環節鋪梗，原本以為台下不會有人理我，還好有練智遠暫時替我填補了略顯尷尬的氣氛，趁著大家還沉浸在歡愉的氛圍中，我迅速地轉過身去，將林萱提前幫我搬來的會議長桌推到講台中央，「看過我吃壽司不算什麼，」我環視教室一周後「唰」的一口氣掀開鋪蓋在長桌上的白布，台下的同學們一陣嘩然，紛紛訝異的瞪大雙眼。

對於這樣的反應我並不意外，除了夏淳宇以外的同學基本上的確沒什麼機會看到這樣的場面。

「社長……」只見練智遠顫抖的舉起右手，「我能先了解一下……我們社團一個學期的社費大概是多少嗎？」

第三章

大胃王社創社路

「所以妳第一堂社課真的就把上次在壽司店拿到的禮券，兌換成兩百個壽司？」方偉皓坐在基地的桌子上啃著剛從合作社買來的熱狗麵包，一臉不可置信的看著我。

「第一堂社課就該表現出這樣的魄力啊，再說我也想看看社員裡有沒有隱藏的能力者。」我接過方偉皓遞出的合作社大肉包，盡可能表現出一副所有事情都在我的掌控之中的表情。

「結果呢？」

「結果啊……。」

「有人想上台來挑戰看看嗎？」我望著台下目瞪口呆的同學們。

「第一堂社課，我們來選社團幹部，其餘的是還好，但至少副社長跟活動長需要有一定程度的實力，才不愧對大胃王社的名號，所以……有沒有人想上來挑戰看看？」

一陣沉默之後只見夏淳宇緩緩站起身來，「唉，我本來不太喜歡這種麻煩的事。」看他緩緩走向台前來的樣子，我就自行解讀這句話的言外之意應該就是「讓我來試試看吧」的意思。

「好，那麼除了夏淳宇同學以外，還有沒有其他人想來試……」

「要不然就妳跟我試試吧，我不喜歡沒實力的對手，比起來沒意思。」夏淳宇面無表情的看著我。

我先是愣了一下，心想：「這傢伙該不是覬覦我大胃王社社長的寶座吧。」

夏淳宇像是讀出了我的心思一樣，輕輕勾了勾嘴角：「我說我對麻煩的事情沒有興趣，副社長這種有名無實的位置比起社長更適合我，所以妳腦袋裡想的事情不會發生。」語畢，也不管我願不願意，自顧自的幫我拉開椅子示意我坐下。

台下的同學們漸漸從驚嚇中回過神來，也許是覺得夏淳宇的提議有趣，有幾個比較自來熟的同學也開始跟著起鬨：「社長你們就比一場看看嘛！」

「社長妳該不會沒有把握贏吧！」練智遠理所當然的也加入了看好戲的行列。

只是……。

「那邊那個戴黑框眼鏡的男生，你剛剛說你叫什麼？」

面對夏淳宇突如其來的點名，練智遠先是瑟縮了一下，左右張望了一番確定對方是在叫自己沒錯，輕咳了幾聲：「我……我叫練智遠，怎……麼了嗎？」

「妳剛剛是說要選副社長跟活動長嗎？」取代回應練智遠的自我介紹，夏淳宇轉頭向我確認。

「嗯……。」我失魂的點了點頭，不知道為什麼自從夏淳宇站到台前後，我總有一種被人牽著鼻子走的感覺。

聽了我的回答夏淳宇微微頷首，冷冷的朝著練智遠的方向丟了句：「上來吧。」甚至連看也沒看對方一眼，便逕自在我身旁坐下。

「蛤？」練智遠被這突如其來的點名弄得一頭霧水，傻愣在原地站也不是坐也不是。

見練智遠遲遲沒有動靜，夏淳宇嘆了口氣：「你剛剛介紹的時候不是說平時有在看大胃王比賽嗎？二十五分鐘四十個可以做到嗎？」

「二十五分鐘四十個！」練智遠激動的聲音都喊破了，「我去迴轉壽司店最多也就吃十盤。」

「上來吧。」雖然嘴上說討厭麻煩事，但夏淳宇對於發號施令這件事似乎異常的得心應手，讓我這個現任社長呆坐一旁好不尷尬。

我想，未來若是夏淳宇當上副社長，我恐怕才是真正有名無實的那一個。

練智遠心不甘情不願的走上台前，這時一道清亮的女聲唐突的劃破無聲的社團教室。

「如果門檻是二十五分鐘四十個，我想我應該沒問題。」

「是嗎，妳想要什麼位置？」夏淳宇冰冷的聲音趕在所有人將訝異的目光投往女孩身上前落下。

「美宣長。」戴著銀色細框眼鏡的女孩悠悠的說。

「名字？」

「俞書婷。」

「上來吧。」

很好，看來夏淳宇確實完完全全沒有把我這個社長放在眼裡。

待所有人都坐定位後他竟然還一本正經地轉過頭來對我說：「壽司準備的太少了。」

我好不容易才壓抑住自己問候夏爸爸、夏媽媽的衝動，極盡所能和顏悅色的對他說：「就是說啊，所以我還是不要參賽好了。」

「不行。」

呵呵，看來這個夏淳宇除了目中無人以外，還很專斷獨裁。

「活動長跟美宣長的門檻就是四十個壽司。」

現場完全沒有我說話的餘地，夏淳宇自動自發的分配好壽司，擺放到信誓旦旦的俞書婷以及一頭霧水的練智遠面前。

「因為壽司準備不夠，所以剩下的一百二十個我跟社長平均分配，最先吃完六十個的人就算獲勝，應該沒問題吧？」眼前這個面無表情的男孩望著我的眼神，比起詢問更像是命令。

其實我不明白自己參與這場比賽的意義何在，既然夏淳宇也無意挑戰我社長的職位，那麼不管今天是他贏還是我贏其實好像都沒什麼太大的差別，所以我合理懷疑他只是需要一個對手在旁邊襯托他，而且這個人還不能是個全然的新手，必須要找個有點實力的參賽者，才能在獲勝的那一刻更好的展現他擁有超越對方的實力。

簡單來說，就是想徹底把我踩在腳底下。

好吧，事已至此，礙於社長的面子，我也只能咬著牙點頭答應，反正只要贏過他就好了，不求多，畢竟贏一個也算贏。

雖說本人參戰經驗無數，但今天的對手是夏淳宇，還是讓我忍不住緊張，小時候在美式漢堡店敗給他的畫面歷歷在目，我心知肚明夏淳宇是個極為強硬的對手，但是事到如今我也只能硬著頭皮上，再繼續推託下去身為社長的尊嚴怕是在第一堂社課結束前便會灰飛煙滅。

夏淳宇冷漠地掏出手機點開計時器的畫面，趕在他下達下一個指令之前，林萱便識相的走上台前開朗的說：「計時的工作就交給我來吧，我是林萱。」

夏淳宇瞥了一眼自告奮勇的林萱，不改一貫淡漠的神色，「公關長？」

非常的理所當然，依舊完全不把我放在眼裡。

「如果社長覺得合適，那麼我當然非常願意。」林萱掛上甜美的微笑，這個回答相當體面，不僅讓夏淳宇這個厚臉皮的傢伙有台階下，也一併顧慮到我身為社長的顏面。

「妳覺得呢？」夏淳宇看上去雖然像在詢問我的意見，眼神卻飄渺的落在眼前的壽司上，還不忘在問出口的同時打了一個超級大哈欠。

死小子你眼中當真還有我這個社長嗎？

這句話我當然只能在心裡暗罵。

面對夏淳宇，我露出一個極其虛偽的笑容，輕輕點了點頭，「我覺得林萱非常適合擔任社團的公關。

不過關於副社長的部分，我想或許可能應該會不符合你的期待，畢竟是最需要與社長配合的幹部，所以應該不會太輕鬆。嗯，所以我想或許……可能……應該……不太適合害怕麻煩的人。」我用盡這輩子所學的所有轉折連接詞，極盡所能委婉的勸夏淳宇打消掌權的念頭。

「不麻煩。」

聽到這樣惜字如金的回應，我除了欲哭無淚外，也再想不到更適當的反應了。

「準備好就開始吧。」

或許是怕我繼續堅持讓他錯失角逐副社長職位的機會，夏淳宇一個轉身直接避開我的眼神，朝著身後的林萓點了點頭。

可惡！這個人根本就超級想當副社長！剛剛還在那邊裝做一副很怕麻煩的樣子！虛偽！

無視我怒氣滿溢的目光，夏淳宇自顧自的發號施令：「計時二十分鐘，剩下五分鐘的時候再麻煩妳提醒大家一下。」

「沒問題。」林萓微笑著用一貫甜美的聲音應道：「大家都準備好了嗎？」

「我OK。」俞書婷率先回應。

「我也可以了。」我說話的同時身邊的練智遠和下夏淳宇同時點頭。

「那麼就準備開始囉，預備……三、二、一，比賽開始。」

林萓語音方落，就見夏淳宇飛快的抄起兩枚壽司三兩下就吞下肚，這是拿出了參加正規比賽的氣勢，見他這樣不免讓我有些緊張，畢竟我沒想過對方會這麼認真的對待這場比賽。

於是我也沒有猶豫太久，夏淳宇的全力以赴很快便激起了我的勝負欲。

「我要打敗他，為兒時的杜臻臻爭一口氣！」

一掃方才種種不滿的情緒，腦袋裡只剩這個聲音。

多年後再次與夏淳宇並肩較勁，不得不承認他的確是強者中的強者，除了速度快、吃得多這些身為大為王比賽常勝軍必須具備的條件外，夏淳宇比賽時的吃相不像那些為了獲勝而狼吞虎嚥的參賽者一樣狼藉。

他吃起東西來，給人一種所有食物都很美味的感覺，就算一口塞下兩個壽司看上去卻依然優雅自信，如果硬要下一個形容詞的話——「高級」。

夏淳宇把以速度和份量取勝的大胃王比賽比得很高級。

反觀我就沒有這樣從容的能力，雖然很沮喪，但是不得不承認，光是吃相我就遠遠落後對方一大截。

「社長加油啊！」台下的同學們看得坐立難安，紛紛圍到講台前來為我打氣，教室外甚至聚集了一群前來看熱鬧的同學。

「已經過了十五分鐘了，社長還剩下二十二個，夏淳宇只剩二十個目前暫時領先。」林萱的語氣雖然平穩，但臉上藏不住的焦慮讓我也跟著緊張起來。

我跟夏淳宇之間的差距雖然不大，但是從比賽開始我始終處於落後，中途透過不斷改變吃法才勉強將差距縮至最小，而夏淳宇卻是從頭到尾都維持著相同的步調。

可惡，再這樣下去我絕對會輸給他，而且會輸的很難看！

想到這場比賽如果以失敗收場，夏淳宇這個高高在上的傢伙會用多麼鄙視的眼神看我，我就覺得渾身不舒服。

一想到這裡，也顧不得什麼顏面還是形象了，對此刻的杜臻臻而言「勝利」才是最重要的事。

「杜臻臻！妳不用做到這種程度吧！」

「社長！有必要嗎？」

「喂喂喂太犧牲了吧！」

夏淳宇聽聞台下此起彼落的驚呼，耐不住好奇，跟著疑惑的抬起眼來看向我。

「ㄜ……。」

像是撕開漫畫探出頭來那樣，方偉皓突地出聲，「所以，妳在第一堂社課就當著所有人的面一口氣硬塞五個壽司，結果嗆到噴了旁邊的同學一整臉？」

而後，再殘忍的一把將我推回深淵。

該死的吳書豪，一定是他從教室外面看到我們比賽時的烏龍場面後，跑去昭告整個籃球隊，方偉皓才會在社課一結束就跑來找我問東問西。

「不是旁邊的同學，是魔鬼。夏淳宇才不是普通的同學，他、是、魔、鬼。」我趴在桌子上無力的辯駁。

早知道就強勢一點說什麼都不要加入比賽，要怪就怪我耳根太軟。我敢保證，很多年後回想起那一幕，還是會讓我燃起想找一面牆一頭撞下去的衝動。

所以，到底為什麼會做出一口氣塞五個壽司這樣的自殺行為，或許一切都要歸咎於——我實在是太想贏過夏淳宇了。

只是我沒有想到自己竟然為了勝利連命都可以不要。

「真搞不懂妳為什麼在這種事情上會有這麼強的自尊心？」回教室的途中林萱一面伸手在我背後輕拍，一面疑惑的問。

「真正的大胃王就是要在按下碼表的那一刻起，竭盡所能的把食物往肚子裡裝啊！這是對比賽負責的表現，就算只差個零點幾秒，輸了就是輸了嘛。」我委屈巴巴地反駁。

「輸了又怎麼樣呢？妳一樣還是大胃王社的社長啊，幹嘛把自己逼得這麼淒慘。」林萱說話的同時還不忘瞥了一眼我手上的提袋——

提袋裡裝的，正是夏淳宇被我吐得一塌糊塗的制服。

「不一樣啦。當妳對一件事情產生勝負欲的時候，就會知道為什麼我要這樣做了。」這麼正向勵志的話從我這個醜態百出的社長嘴裡說出來，一定超級沒有說服力。

好在林萱沒有殘忍地吐槽我，她輕輕點著頭，將目光從我身上移開，瞇起眼睛露出一抹狡黠的微笑：「不過還是要感謝妳一下。」

「夏淳宇的身材真不是蓋的。妳說，吃了那麼多東西腹肌還能這麼明顯是不是有點過分啊。」林萱陶醉的沉浸在我完全不想回想起的畫面之中，甚至還興奮的在空氣中比劃著夏淳宇平坦小腹上俐落分明的線條。

「管他什麼腹肌還是人魚線的，拜託妳不要再提起這件事了，一輩子都不要。」

如果說，為了贏得勝利一口氣吞五個壽司的我是個十足的瘋子。

那麼，夏淳宇儼然就是個不折不扣的神經病。

雖然今天是我有錯在先，但是他怎麼可以……。

怎麼可以在大庭廣眾下面不改色的寬衣解帶？

不過就是黏了幾粒壽司米而已，有需要這麼誇張嗎？

「我有潔癖。」

第一堂社課，就在夏淳宇冷冷丟下的這句話以及女同學們享受的尖叫聲中宣告結束。

至於比賽呢？

在我的脫序演出下也只能宣告終了，除掉我吐在夏淳宇身上的，我們面前的壽司恰好都剩下十七個，勉強算是達成了平手。

俞書婷跌破眾人眼鏡不到二十分鐘就吃完四十個壽司，證明了自己確實有成為大胃王社社團幹部的實力。

至於練智遠則理所當然的成為了這場競賽中的最大既得利益者。

據林萱所言，他吃不到二十個就開始青著一張臉，看上去很痛苦的樣子，多虧我搞了這一齣，讓他可以名正言順地停止進食，毫不費力的順勢拿下活動長一職。

「雖然吃東西不是我的強項，但我鬼點子多，絕對可以讓大胃王社欣欣向榮。」

好個欣欣向榮，簡便的受任儀式上，練智遠不改一貫的鬼話連篇，站在講台上滔滔不絕的闡述他的理想抱負，相較於夏淳宇極簡的一句「請大家多多指教」，我甚至很懷疑自己與這些性格差異南轅北轍的幹部們，有沒有辦法並肩帶領好大胃王社。

不過，撇除這些枝微末節的小事不談。

能夠順利成立大胃王社，對我而言已經是件足夠滿足與幸運的事了。

畢竟我真的從來沒想過，身為一個飽受異樣眼光的大胃女生，有一天也能找到願意敞開雙手接納自己的地方。

在這裡，我可以盡情發揮、盡情地享受自己喜歡的事。

「對於高二的招新活動，大家有任何想法嗎？」

社團成立的第三個月，青春洋溢的高一生活也正式告一段落。

炎炎夏日，幹部們開始為了下學期的新生入學做準備，這是每個新創社團都必須面對的問題，我們不像熱舞社、熱音社這些熱門社團，隨便舉個板子就會有一堆人搶著要加入，因此這陣子幹部們都很積極的開會研擬方案。

「活動長有什麼想法？」夏淳宇盤腿坐在司令台的大理石台階上，面無表情的丟了一個極寒的眼神給練智遠，像極了開會現場讓部下難堪的霸道上司。

「嗯？像第一堂社課一樣再比一場給大家看？社長跟副社長可以趁這個機會……」練智遠心虛的搔了搔腦袋，聲音也隨著夏淳宇冷冽的目光越來越微弱，最後索性噤聲。

夏淳宇難得像個正常人一樣蹙起眉頭重重嘆了口氣，不用想也知道他一定是回想起那天被我吐了一整身的畫面。

「我倒是覺得，比起準備表演性質的節目，辦一場小型活動似乎來得更有趣一點，這樣不但吸睛還可以招募一些真正對大胃王社感興趣的社員。」林萱的提議，讓原本死寂的開會現場瞬間有了生氣。

「這個方案聽起來蠻有趣的。」一向沉默的俞書婷難得開金口，臉上的表情看上去是真的很喜歡林萱提出來的方案。

「我也覺得可行。」夏淳宇搶在我之前點頭應允。

我輕咳了兩聲，覺得自己再不出聲，夏淳宇這個眼睛長在頭頂上的討厭鬼，非常有可能直接越過我這個社長，接著主導規劃當天的活動流程。

「我是覺得這個提案不錯是不錯，但是……。」

聽到「但是」兩個字所有人都默契的將目光轉向我，害我一個不留神將含在嘴裡的西瓜糖給嚥了下去，還好它體積不大，不然我一定會成為史上第一個在開會現場噎死的社長。

「咳……咳上學期的社課撤除一些微不足道的小贊助、還有我跟副社長參加餐廳舉辦的大胃王比賽贏得的餐券，社費一個人繳五百，不到六堂社課就全數花完，目前我們社團是處於赤字的狀態，所以……。」

「我有辦法！」練智遠激動地打斷我的話，「如果社長擔心的是活動經費的話，我可以解決。」

「幹嘛？你要贊助辦比賽的費用嗎？還是你要多繳一點社費？」林萱沒好氣的揶揄道。

「錢我是沒有，但是我保證當天的活動絕對不會讓大家花到一分一毫。」

面對練智遠信誓旦旦的拍胸脯保證，所有人都抱著半信半疑的態度。

誰叫這傢伙每次都空口說大話。

不過這一次……。

「練智遠，你之前怎麼沒有說過你是富二代。」

林萱瞪著一雙小鹿眼，不可置信的輪流望著頭頂上的招牌以及一臉得意的練智遠。

「嘿嘿，我沒有說過嗎？大家別客氣，快點進來吧！」練智遠不好意思的推了推架在鼻梁上的黑框眼鏡。

幸虧我的理智線很堅強，才沒有讓我在得知這個驚人消息後，跪下來抱住練智遠的大腿。

當「敲勾練車輪餅」五個大字映入眼簾，我簡直感動得要哭。

「爸！」

走進店裡後，練智遠朝著製餐檯大喊一聲。

語音方落，就見一個頭綁紅色頭巾的大叔轉過頭來，看到站在點餐台前的練智遠，和藹地眯起雙眼朝氣蓬勃的應了一聲：「呦！兒子來啦。今天帶同學來玩啊！」

櫃台前還有許多排隊等著買車輪餅的客人，練叔叔看上去很是忙碌，也沒有多餘的時間招呼我們，笑著朝站在練智遠身後的大家點了點頭，算是打過招呼。

「是我社團的朋友！我先帶大家進店裡坐，你們先忙。」

「好！等一下請小井哥幫你們送點心，十個奶油、十個紅豆可以嗎？今天珍珠芋泥跟榛果巧克力口味都賣完了，拍謝喔。」

「沒關係！我們不急，慢慢來就好。」

沒想到一向自我中心的練智遠也有溫柔體貼的一面，他禮貌的一一跟餐檯後的員工打過招呼後，便領著我們走到最角落的座位區落座。

「抱歉，你們可能要稍等一下，這個時間點通常都是生意最好的時候。」

「沒關係，沒關係！是我們太突然，打擾到叔叔做生意了。」我趕忙朝著練智遠擺了擺手，「話說，我超喜歡吃這裡的芋泥紅豆車輪餅欸！沒想到竟然是你家的店。」

敲勾練車輪餅，是附近遠近馳名的車輪餅專賣店。因為料好實在加上研製了許多特殊口味，還會隨著季節推出五花八門的特別款，所以自開幕以來生意一直都很好，近幾年也陸續在全台各地開了多間分店，小時候我甚至常常拖著方偉皓來排隊，就為了吃上一顆香濃綿密的紅豆車輪餅。

「看來以後必須對你好一點了，」說話的同時，林萱還不忘來回掃視寬敞的室內座位區，「練董，平時我們應該沒有什麼得罪你的地方吧？」

「我就是怕大家知道了會這樣，所以才不說的，我先去櫃檯看看有沒有需要幫忙的地方，你們先坐著等我一下。」練智遠不好意思的笑著回應道。

自從走進自家店鋪以後練智遠就好像換了一個人似的，甚至貼心地替大家準備飲料。

大概過了十五分鐘，被喚作小井的憨厚店員便端來兩大盤冒著熱煙的車輪餅：「老闆說爆漿芒果乳酪跟鮪魚起司都還各多出三個，另外還有剛剛說好的十個紅豆、十個奶油，上面都有做記號，你們吃不夠再跟我說，不用客氣。」

「謝啦！小井哥。」

「哇賽！爆漿芒果乳酪聽起來就很好吃。」看著餡料飽滿的車輪餅，我忍不住驚呼出聲。

只見小井哥不太好意思的撓了撓後腦勺：「老闆說等一下一個人讓你們帶一盒回家吃，大家可以先吃吃看，等一下再跟智遠說要什麼口味，目前店裡就只剩下紅豆、奶油跟菜脯這些基本口味而已。」

「這怎麼好意思。」雖然嘴巴上這麼說，但在小井哥說話的同時，我早就已經盤算好等一下要點什麼口味帶回家跟方偉皓分享了。

二十六個車輪餅才剛上桌，不到二十分鐘就被我們五個人一掃而空。

當然，大多數是進了我跟俞書婷還有夏淳宇的肚子裡啦，練智遠不知道是吃膩了還是原先就沒有很餓，只吃了一個紅豆口味就停手，比林萱吃得還要少。

「所以我們什麼時候才能跟老闆討論活動的贊助細節？」嚥下最後一口車輪餅，夏淳宇非常不合時宜的開口問道。

「如果全部都讓練智遠他們家贊助我覺得有點不好欸……。」連我這麼厚臉皮的人都覺得夏淳宇表現得太過理所當然了，畢竟人家也沒有什麼非贊助我們不可的理由。

「沒關係啦，我爸一定會答應的，過了六點半以後人潮應該就不會這麼多了，我去請他過來。」

練智遠起身離開以後，我忍不住瞪著夏淳宇厲色說道：「等一下看到老闆你最好不要這麼沒禮貌，你剛剛那樣很失禮欸。」

原本以為對方會一如既往露出一副鄙視的神情，沒想到夏淳宇臉上卻閃現一抹可疑的紅暈，罕見的眨了眨眼皮看上去有些驚慌。

還來不及等到他開口辯解，就見綁著紅色頭巾的叔叔一跛一跛的跟在練智遠身後向我們走來，「謝謝你們平時這麼照顧我們家小智。」

練智遠的爸爸是那種很有親和力的類型，眼尾微微下垂的模樣跟練智遠簡直如出一轍。

原本以為是練智遠隨口說說，沒想到當練叔叔聽聞我們的來意後，竟然非常爽快地一口答應，社團招新當天不但會贊助我們兩百五十個車輪餅，甚至主動要求連飲料也一併由敲勾練車輪餅提供，期間還不斷感謝我們平時對練智遠照顧有加。

誇得在座的大家都有些不好意思，林萱還好幾次朝我遞出心虛的眼神。

夏淳宇難得安分的坐在一旁沒有說話，只有在叔叔起身離開以後，才默默地跟著大家含糊不清的道謝。

因為沒想過事情會進行的這麼順利，大家也樂得不用再花時間準備備案，與練叔叔敲定好時間以後，便就地解散。

離開敲勾練車輪餅後，我與高采烈的提著一盒香噴噴的車輪餅，心滿意足的走回家，才剛轉進家門口，身後突然竄出一個高挑的身影搶在我之前打開公寓大門。

「我以為妳今天不會回家吃飯。」方偉皓側身抵著門笑著說道。

「齁——你嚇我一跳，」我沒好氣的斜睨了他一眼，「你看，這是我今天的戰利品。」語畢，驕傲的將紙盒舉在他眼前晃了晃。

「敲勾練車輪餅！哇，我們好久沒吃了，妳怎麼會突然想到要買，這個時間不是通常都要排隊排很久嗎？」

雖然方偉皓平時不太吃甜食，但是卻很喜歡吃車輪餅、鯛魚燒之類的點心，加上細心如我還特別為他點了兩個菜脯口味。

「我爸媽今天會晚一點回家，要去我家玩嗎？」方偉皓拿出家鑰匙興奮地問道。

「好啊，那我跟我媽說一聲。」

記得國小的寒暑假，我跟方偉皓幾乎每天都黏在一起，有時候甚至還會跑到對方家裡過夜，直到升上國中以後次數才慢慢減少，一方面是課業壓力變大玩得時間變少，另一方面是漸漸意識到男女有別這一點，加上方先生的迷妹有逐年增加的趨勢，所以為了民哲保身，去對方家裡過夜就變得沒有這麼頻繁，但串門子這檔事卻是家常便飯。

「你剛剛去哪？為什麼現在才回來？」就像回到自己家一樣，我舒舒服服的癱坐在皮製沙發椅上，看著忙著開冷氣、倒飲料的刺蝟頭問道。

「沒……沒有啊，沒去哪。」方偉皓臉上閃過一抹驚慌，擺好冰紅茶後還下意識伸手抓了抓鼻子。

「齁——你很可疑喔！我知道你今天沒有隊練，還不快從實招來！你是不是偷跑出去約會，怕我跟你媽打小報告才不告訴我，快說是誰？」

認識不知道幾百年，這個憨憨竟還妄想用如此低端的說謊技術呼攏我。

「才沒有好嗎！」看他著急的整張臉都紅透了就知道他一定有事相瞞。

不過，我也知道當方偉皓有事情不想說的時候，就算是嚴刑逼供，他也不會開口，就像國中時那樣。所以大部分碰到這種狀況，我都只會稍微鬧他一下，不會繼續追問。

「好啊，你現在不告訴我，到時候被我發現你就死定了。」

撂狠話的同時，我沒忘記伸手拿了一個菜脯口味的車輪餅給方偉皓：「菜脯的只有兩個，都是你的。」

方偉皓默契的接下，沒有再接續剛剛的話題。

雖然他從來沒有正面回應過這個問題，但我其實一直都知道——方偉皓之所以選擇跟著我一起升到第三高中，而不是選擇籃球背景雄厚的成安高中的理由。撇除距離的問題不討論，另有隱情。

只是我不問，他不說，這件事情就宛若刻在沙灘上的一行字，浪一來，連帶擱淺在那年夏天的所有回憶，也一併消散在洶湧的浪花之中。

放暑假前，大家常常都會產生兩個月的時間就足以讓我們完成很多事的錯覺。

只是，往往什麼事情都還沒開始做，轉眼間又到了經過水果攤，才驚覺原先堆滿芒果的架子上，不知從什麼時候開始，悄然替換成一顆顆金黃飽滿的大白柚。

高中第一年的暑假，就這樣匆匆落幕。

高二生活方才拉開序幕，我們便理所當然地迎來了更加繁重的課業，以及……。

「什麼？退社？為什麼？理由呢？」

「一開始加入大胃王社只是單純覺得很新鮮，沒想到一整個學期都是在吃東西，學期結束我胖了三公斤，花了整整兩個月的時間才減回來，所以我不想再重蹈覆轍了。」

「說自己是大胃王社的社員都會被同學笑，我臉皮薄受不了，所以想回去天文社。」

「我不像社長跟副社長一樣天生就是當大胃王的料，我覺得自己可能不太適合這個社團。」

「我覺得社費太貴了，而且其實本身沒有很喜歡吃東西。」

諸如此類的退社理由，從開學以後，像是一顆顆隨時準備引爆的不定時炸彈，接二連三地向我襲來，轟得我日日如坐針氈。

截至目前為止，社團留下的社員只剩下十一名同學，再這樣下去學務主任一定又會威脅我要廢除大胃王社，想到這裡就讓我忍不住冷汗直冒。

「今天大家一定要打起十二萬，不對，是一百萬分的精神，不管怎麼說都不能讓我們辛辛苦苦創立的社團走向廢社這條路。」社團招新當天，我對著台下所剩無幾的社員們激情喊話。

「社長，敲勾練車輪餅的攤位已經準備好了！活動長問妳們什麼時候會下樓？」活動組的成員從前門探出頭來問道。

「好，我知道了，你先下去協助副社長他們，我稍微提醒一下活動流程就讓大家開始動作。」我朝他點了點頭，接續對著台下的同學們說道：「林萱跟公關組的，等一下活動開始前先四處走動到處宣傳，俞書婷跟我負責在攤位上統計報名人數、安排參賽場次，其他同學就麻煩你們擔任機動組，分頭協助活動組在校園裡面走動發傳單，千萬記得要保持微笑、保持微笑、保持微笑！我們社團最大的賣點就是創新，目前有大胃王社的只有兩所高中，所以這個可以成為待會的宣傳話術，先把人吸引過來是最重要的！大家加油！今天一天我們一起努力！」

慷慨激昂的信心喊話過後，各個組別便分頭開始動工。

這次我們的攤位選在司令台旁邊的小空地。

說實話，這是個有些冒險的決定。

不過，基於事先考量到連接學校各個大樓的穿堂今天勢必會擠得水泄不通，對於要舉辦這種中型活動的我們而言空間絕對不夠大，加上外在干擾源太多也不利於活動流程的推進，思考許久後才選定了一個比較空曠隱秘的地點。

「等一下一場活動的人數約莫控制在五個人，一場比賽十五分鐘基本上就是提供七十個車輪餅，數量再幫我控管一下。等會兒機動組的發完傳單後，我會請他們留在會場幫忙，所以人力上應該是足夠的，時間我會麻煩活動組幫我控制。」到達攤位以後，我依舊無法放心，三番兩次的與俞書婷核對活動流程。

為了今天的活動，我從幾天前就開始失眠，就怕今天吸引不到人來參加比賽，會辜負了大家這麼長一段時間的努力。

當初創社的時候，就只有我一個人在校園裡面纏著學務主任追趕跑跳碰，可是現在卻不一樣，我必須擔起社長的責任，對大胃王社、以及願意跟隨我的這十一個社員們負責。

「不好意思，請問這裡是大胃王社的攤位嗎？」在我低頭忙著擺設報到台時，一抹清脆悅耳的女聲響起，我一抬眼，忍不住訝異的睜大雙眼。

「妳是？」

那天在迴轉壽司店的場景又一次浮現眼前。

「嗨，妳還記得我嗎？我們上學期在學校附近的迴轉壽司店見過面。」年輕女郎燦爛一笑，順勢慵懶的撩了撩垂墜在額前的八字瀏海，露出白皙的額頭。

「老師好，」能夠被美豔動人的音樂老師記得讓我有些受寵若驚，不好意思地抓了抓後頸低頭回應，「這裡是大胃王社的攤位沒錯，請問老師有什麼地方需要協助嗎？」

只見音樂老師又一次露出好看的微笑，柔聲說道：「太好了，我繞了好久終於被我找到了，沒想到你們的位子這麼隱密。」

聽到老師是專程找過來的，我頓時有些不知所措，只能尷尬的僵在原地生硬的扯了扯嘴角。

「今天估計會很忙吧！如果不嫌棄的話我也能一起來幫忙。」

也不等我回應，就見音樂老師挽起雪紡紗襯衫的袖口，自顧自的將斜背包隨手掛在報到台後方的椅子上。

「社長，這邊有兩個學妹想要報名，麻煩妳們協助引導一下。」攤位上開始陸陸續續出現排隊人潮。

「同學你們好，目前一共有五個場次，再麻煩幫我確認一下哪個時間比較方便，確認好、可以的話這邊幫你們做登記……。」

音樂老師起初有些生疏，但陸續旁觀我們接待了幾組人馬以後，也漸漸明白活動的運作流程，開始積極從旁協助。

前來報名的人數遠比我們想像中來得踴躍，甚至還有高二的學生也偷偷跑來報名參賽，攤位周圍漸漸聚滿圍觀人潮。

接近第一場比賽的開始時間，看著逐漸壯大的場面，我突然有些緊張，加上剛剛喝了很多水，因此膀胱有些招架不住。

「書婷妳有看到夏淳宇嗎？」生怕等一下活動開始後會忙到走不開，我打算在活動開始前趕快去解放一下頻頻襲來的尿意，只是環顧了攤位四周卻遲遲沒有看到副社長的身影。

照理來說，他現在應該要在攤位上協助活動組才對啊。

俞書婷似乎也覺得很納悶，目光向著四周游離一陣後，重重嘆了口氣：「都快忙死了，副社長還不趕快回來，是晃去哪裡摸魚了啊？」

「真是的，哎呦我快要憋不住了。書婷，攤位這邊可能要麻煩妳稍微控場一下，我去上個廁所很快就回來。」我不知道夏淳宇那傢伙在這個節骨眼是跑去哪裡閒晃了，我只知道我的膀胱已經到達極限，再不趕快離開恐怕就會原地洩洪。

「妳快去吧！雖然還有十五分鐘的時間，但不知道會不會有什麼狀況需要妳在場處理，所以還是快去快回喔。」

還沒聽俞書婷把話講完，我幾乎是用逃的逃離人潮洶湧的會場，只是萬萬沒想到，距離攤位最近的洗手間竟然擠滿了人，沒有多餘的時間跟著大家排隊，我只能當機立斷，前往這個時間絕對不會有人的體育館。

只是身為一個胖子，我終究還是太高估自己的奔跑速度了，光是跑到體育館的大樓就花去不少時間，加上廁所是在樓梯間，要使用女廁的話還要特別爬到二樓連接三樓的轉折平台。

「只是想上個廁所而已，未免也太累人了吧。」我一邊甩乾手上的水珠，一面在心底盤算待會活動結束後，還會剩下多少個車輪餅。

依照我今天的活動量來看，吃下三十個絕對不是問題。

才剛踏出廁所沒幾步，我便聽見樓上傳來重物滾下樓梯的聲音。

「嚇我一跳，什麼鬼啊？」

聞聲，我躡手躡腳地走上樓梯，卻只見一個毛茸茸的橘色頭套孤零零地躺在地上。

在我試圖搞清處狀況的同時，樓上突然傳來一道慵懶低沉的男聲：「妳到底為什麼每次都要這樣跌跌撞撞？」

一抬眼才發現，眼前的少女，正穿著與墜樓的茸毛頭套色系相同的布偶裝，依偎在身形高挑，看上去很像韓流明星的帥哥男同學懷裡。

女生似乎是吳書豪班上的同學白亮亮，名字很可愛就跟她的長相一樣，一雙眼睛又圓又大、皮膚白皙、身材嬌小，完全就是偶像劇呆萌女主角的不二人選。

至於男生，我今天還是第一次見，之前好像有聽到其他同學談到五班這學期轉來了一個顏值逆天的男同學，本來還以為是大家太誇張，沒想到親眼見到本人，確實就如大家口中說的那樣帥氣逼人，完全就是撕開漫畫走出來的那種韓系撕漫男。

嗯，只能說見到這一幕，我的腦海第一個閃過的詞彙絕對是——羨慕。

幹，超級羨慕啊，這才是我幻想中的高中生活該出現的場面。

我承認這種時候應該要趕快離場才是有禮貌的行為，但是這樣粉紅色泡泡滿天飛的情景，從來就沒有在我身上上演過。

以前沒有，現在沒有以後更不可能會有，像我這樣的女生摔下樓就是摔下樓，如果有個不要命的男孩伸出手來妄想接住我，那麼結局絕對只有一個——我們一起送醫院。

好吧，越想越難過，索性還是不看好了，趕快回到攤位上辦活動要緊。

意識到自己離開崗位已經過了一段時間，我加快腳步想要快點回到操場，怎料在距離一樓只剩不到三個台階的地方，突然腳一崴，身體就這樣不受控制的向前傾斜，而後完全不在預料之外的重擊感迎面而來，手肘貼地的那一刻，我即刻感受到襲上腳踝的滾燙，待滾燙的感覺稍稍退散後，很快便轉化為源源不絕的疼痛。

「嘶——」我痛苦的從冰冷的大理石地面爬起，卻發現腳踝上的傷比想像中還要嚴重，幾乎到了舉步維艱的程度。

迫於無奈，我只好又一次蹲下身來，「怎麼辦，活動就快要開始了。」望著手機螢幕上顯示的時間，我急得快要哭出來。

「妳還在這裡幹嘛？」眼前的大理石地面唐突的出現一塊陰影。

聞聲，我無助的抬起眼來望向聲源。

只見夏淳宇依舊操著一張極為冷漠的臉，面無表情地看著我，「活動快開始了，大家都在找妳。」

與以往不同的是，他毫無波瀾的聲音這回似乎染上了一點溫度，雖然稱不上溫柔卻也不像過去那樣冷漠。

我突然感到一陣委屈，在眼眶中打轉的淚水就這樣毫無防備的奪眶而出。

或許是被我的眼淚嚇到了，夏淳宇看上去有些不知所措，第一次看他露出冷漠以外的表情，我竟有些不習慣。

「妳的手流血了。」

或許是腳踝扭傷的疼痛過於劇烈，以至於我一直沒有留意墜落時首先落地的手臂，夏淳宇這樣一說，我才意識到鮮血正不斷從前臂汩汩湧出。

「唉，真是麻煩。」

雖然嘴上這麼說，但夏淳宇還是蹲下身來，緩緩從制服口袋掏出一條淺藍色的手帕，小心翼翼的替我拍掉傷口上的異物。

以前沒有注意，現在近距離看才發現，其實夏淳宇長得很精緻，撇除乖僻邪謬的個性不談，他確實是在人群中會讓人眼睛為之一亮的那種男孩。

兩道濃密的眉毛俐落的鑲在白淨的前額，一雙烏黑清澈的眼眸深邃有神，至於鼻子則是樑高翼窄的黃金比例，不過在這之中最引人注目的，應該還要數唇形。

必須要說，夏淳宇的唇形真的很好看，唇峰飽滿的勾成兩座小山，搭上即使不笑也微微上揚的嘴角，讓我想起韓劇《來自星星的你》裡面的男主角——

外星人都敏俊。

「傷口蠻大的欸，到底是怎麼摔的？」夏淳宇突然抬起頭，微微翹起的瀏海掃過我的鼻梁，嚇得我慌忙別過頭去，極力避免近距離對視。

還好夏淳宇沒有察覺到我的心虛，只是微微蹙起眉頭，像是在自言自語又像是在對著我說，「這個傷感覺要去保健室處理一下。」

「不行！」聽到這裡我忍不住大吼出聲，「我去保健室，那社團那邊怎麼辦？」其實我心裡明白自己絕對不可能用這雙腿走回活動會場，但我仍舊無法撇下社團不管，而且我是社長，夏淳宇是副社長，如果我們兩個人都不在攤位上，其他社員一定會很驚慌。

「妳都傷成這樣了，先顧好妳自己再去管社團吧！」夏淳宇嘆了口氣伸出手想扶我起身。

「等一下！」我試圖掙脫被他緊拽著的手腕，著急的大喊。

夏淳宇並沒有因此鬆開我的手，反而使了更大的勁兒想將我從地上拉起。

結果……我還沒來得及站直，雙腳一軟，反作用力讓我整個人向後仰，連帶眼前緊抓著我的夏淳宇也逃不過這劇烈的連鎖反應。

一切都發生得太過迅速，迅速到在我意識到，自己和夏淳宇正以一個極度不雅觀的姿勢倒臥在樓梯口時……。

夏淳宇口袋裡的手機非常不合時宜地響了起來，然後……。

「喂。」他接了——用這個撲倒與被撲倒的詭異姿勢。

夏淳宇單手撐著地面，我就這樣被圈在一個距離他微微起伏的胸膛不到一顆拳頭的位置，要扣不扣的制服襯衫慵懶的垂墜著，伴隨著徐徐吹來的微風時不時往我臉上撲打。

雖然我本人很渴望粉紅色泡泡般的偶像劇情節，有朝一日也能在我百無聊賴的人生中真實上演一次。

但，現在這一幕豈止偶像劇情節？

根本就是十八禁總裁小說才會出現的畫面吧！

而且男主角竟然還是這個面、無、表、情、的、夏、淳、宇。

「俞書婷問我們到底什麼時候回去？她說現在會場人很多，然後，」話說到一半，夏淳宇像是終於意識到現在不是說這些話的時候，一抹可疑的紅暈浮現在那張白淨的臉上，他微微別過頭，低聲丟了一句含糊不清的抱歉，有些僵硬的從我身上爬起來以後，沒想到夏淳宇又一次想要拉我起身。

「等一下，哎呦！」我看還沒走到保健室，我就會先被夏淳宇這個傢伙給氣死。

「我的腳扭傷了！現在有點站不太起來……。」最後這一句，是我無力的癱在夏淳宇手臂上說的，雖說不像剛剛的撲倒姿勢一樣令人慌張，但如果說方才那一幕是總裁小說內頁不可言述的情節開場，那麼我們現在這個要倒不倒的模樣倒是很適合放在封面。

只見夏淳宇臉色一青，一臉「妳怎麼不早說」的嫌惡表情。

「我一直要跟你說啊！是你一直不讓我把話說完的好嗎！」在我醞釀好不滿的情緒，準備一口氣朝著夏淳宇爆發的那一剎那……。

「杜臻臻？」

一個熟悉的聲音毫無預警的自遠處響起。

生命是由一長串的巧合組成的。

很久很久以後，當我再次回想起當時的場面，才突然驚覺喬絲坦．賈德在《蘇菲的世界》中寫下的這句話，絕非口說無憑。

第四章 謝謝你，方偉皓

如果說我現在手上有一把鏟子，我一定會馬上在地上鑿一個洞。

不過，大家大可以不用擔心，因為我並沒有要躲進去的意思，只是單純很想把夏淳宇這個妖孽埋起來而已。

原本我還在心裡暗自慶幸，看到這一幕不雅畫面的不是別人，正是我的萬年死黨——方偉皓。

我說原本，原本我是這樣想的。

因為我沒想到下一秒方偉皓會大暴走。

或許是以為夏淳宇要非禮我還是怎樣的，他用百米賽跑的速度衝到我們面前，一把拎起夏淳宇的衣領。

站在方偉皓身邊，夏淳宇瞬間矮了一截。

「方偉皓！」

趕在方偉皓掄起拳頭之前，我著急的大喊：「不管你現在腦袋裡在想什麼，我只能說你誤會了，夏淳宇是來幫我的！我剛剛從樓梯上摔下來扭傷腳了。」

聽完我的解釋，方偉皓臉上的表情一下緩和許多，只是激動的情緒尚未完全退去，看上去有些動搖，定格了幾秒才緩緩鬆開緊緊拽著對方衣領的手。

「對不起。」方偉皓心不甘情不願的朝著夏淳宇微微頷首，而後，沒有半點遲疑，立刻蹲下身來關心我的傷勢。

或許是方偉皓的舉動傷到了夏淳宇的自尊心，只見他一語不發惡狠狠的瞪向蹲在我身旁的大高個兒。

我怯懦的抬起眼來接上夏淳宇冷冽的目光，本來想替方偉皓再跟他道一次歉的，沒想到他卻露出一抹極為嫌惡的神情，頭一撇對著空氣冷哼了一聲。

「杜臻臻，妳朋友未免也太抬舉妳了吧？」語畢。還不忘冷冷掃我一眼。

也不給我反擊的機會，就見夏淳宇用力地扯了扯被方偉皓用皺的制服下擺，而後，頭也不回轉身消失在走廊盡頭。

雖然對夏淳宇的無禮感到很生氣，只是生氣歸生氣，眼下，還是必須儘速到保健室包紮，盡快回到攤位上才行。

「方偉皓，我能不能不去保健室，我是社長欸！你直接把我推到操場好不好？」我抱著姑且一試的心態，轉頭望向身後的方偉皓。

剛剛是因為我連站都站不起來，完全無法靠這雙腿走到會場，但是現在這樣……

好像也不是非去保健室不可。

基於剛剛嘗試了很多次，只是我每跨出一步就會發出刺耳且淒厲的哀嚎，方偉皓怕是在一旁聽得很難受，竟然還燃起了——想要把我背到保健室，這種超級不理智的想法。

最後，還是我好說歹說才讓他打消這個念頭，跑去跟回收室阿姨借了一台生滿鐵鏽的手推車，才解決了我現在舉步維艱的窘境。

「反正……就算現在去保健室也不可能馬上就能走，乾脆直接這樣回到會場辦活動我還比較安心，你推我回去好不好？」見方偉皓板著一張臉沒有說話，我鼓起勇氣又問了一次。

「不可以。」

方偉皓斬釘截鐵的回應道。

「齁——可是我是社長欸！社團招生社長不在攤位上怎麼可以？」

「誰叫妳下樓梯不專心。」

「拜託啦……」

「不行就是不行，妳去保健室給阿姨看一下，看完如果沒事了，我就推妳回攤位。」

唉，雖說方選手平時是個好好先生，對我幾乎是到了言聽計從、百依百順的地步。

但是……他一旦任性起來，我發誓，就算動員十頭牛來拉，也不可能讓他改變心意。

交涉失敗。

我最終還是狼狽的被推進保健室。

可惡，早知道剛剛說什麼也要自己爬回會場的。

包紮的時候我戰戰兢兢的撥了一通電話給俞書婷，好在她告訴我，因為多了音樂老師的協助，截至目前活動都進行得很順利，讓我包紮好傷口再過去就好。

「手臂上的擦傷這幾天記得擦藥，過幾天應該就會好，至於妳的腳，我覺得還是去醫院給醫生看一下會比較保險，現在就可以填外出單出外就醫，我現在就幫妳聯絡家長，要打公司電話還是手機？」保健室阿姨一邊寫紀錄表，一邊冷冷的詢問道。

我趕忙搶在方偉浩之前朝著阿姨擺了擺手，「不用不用，我等一下還有事情要處理，今天放學再去看醫生就好了。」

「什麼事？社團的事嗎？」阿姨冷冷地抬起眼來看著我，「以妳現在這副模樣，就算回去也幫不上什麼忙，只會給你的社員添麻煩。」

「可是我是社長……。」我默默低下頭來，「今天對我們社團來說真的很重要，我不能不在場。」

「那妳就不應該在這麼重要的日子裡讓自己受傷。」語畢。保健室阿姨從板凳上倏然起身，看了一眼始終站在我身邊的方偉皓：「同學，麻煩你等一下跑一趟導師辦公室，通知一下十五班班導師杜臻臻同學的狀況。」

望著保健室阿姨默默走到辦公桌前舉起電話。

我落寞地低下頭，滿腦子都在思考今天活動結束以後，該怎麼跟我的社員們交代。

雖然大家一定不會因為受傷的事情責怪我，但我畢竟還是給所有人添亂了，還是在這麼重要的日子。除了對社員們感到抱歉以外，更多的是自責，想到自己身為社長竟然在這麼重要的場合缺席，一顆豆大的淚珠就這樣唐突的從鼻尖墜落，我嚇得快速的用腳尖，抹去大理石地板上顯眼的水珠，就怕被方偉皓發現我哭了。

我使勁兒掐了自己的大腿一下，想藉此止住眼眶裡不斷積聚的眼淚。只是大腿都被掐出指甲印了，眼眶裡的淚水仍舊不斷累積，眼看下一秒就要潰堤。

不行哭，為了這點小事就哭實在太沒有面子了。

雖然知道方偉皓絕對不會因為這種小事就取笑我，但我還是不想在他面前掉眼淚，這是自尊心作祟。

「杜臻臻，抓緊我，趁現在。」

淚眼矇矓間，我差點以為是自己幻聽。

沒有太多反應時間，我感受到身體不聽使喚的瞬間騰空。

回過神來才驚覺自己已然安穩的坐回推車上。

停止運轉的腦袋重新開始運作的第一個想法是——方偉皓竟然抱得動我，而且還是公主抱，什麼情況？

「同學！你們到底在做什麼？快給我回來！」保健室阿姨暴跳如雷的追出保健室，站在走廊上氣得直跳腳。

方偉皓拿出在球場上搶籃板的衝勁，頭也不回推著我開始在校園裡狂奔，絲毫不理會保健室阿姨在身後歇斯底里地怒吼。

「杜臻臻，抓好喔！」

「你不怕保健室阿姨跑去告狀，我們會被處罰嗎？」緊緊握住鐵板，我眼角帶淚，笑著朝身後推著我賣力奔跑的男孩喊道。

「妳不是社長嗎？至少今天不要後悔，其他的沒有關係。」

迎著風，方偉皓沉穩的聲音與滾輪急速轉動的響聲交融在一起，宛若山谷間傾流而下的瀑布，聽著讓人格外安心。

「嗚呼——衝啊！」

我舉起雙手迎風吶喊：「方偉皓，你剛剛真的超帥的啦！衝啊——」

「衝啊——」

「抓緊喔！」

我和方偉皓的呼聲就這樣此起彼落的迴盪於空蕩的校園。

當我以這副模樣出現在會場時，碰巧趕上最後一場比賽，俞書婷跟林萱一見到我，便一臉心急的跑上前來關心。

「真的沒事嗎？看起來很嚴重欸。」林萱蹲下身來回翻看我的手。

「手還好，是腳拐到了站不起來，等一下結束可能要到附近的醫院檢查一下。」

「那妳就趕快去啊，剩下最後一場比賽而已，今天一整天都還蠻順利的，前幾場還出現了厲害的學弟妹，入社表單也比預期的多收了好幾張。」俞書婷一邊說著，還一邊從腰包裡抽出幾張微皺的A4報名表。

「臻臻沒事吧？」原本站在攤位協助高一新生填寫表單的音樂老師，也一臉擔心的跑向我。

我只能尷尬地朝著老師露出一抹心虛的微笑：「老師抱歉，今天給妳添麻煩了。」

「沒事沒事，妳到近一點的地方看吧，最後一個場次就要開始了。」

站在長桌前的練智遠似乎也看到了我，舉起麥克風之前輕輕朝我點了點頭，在練智遠的控場下，林萱和俞書婷也紛紛回到崗位上，指揮下一組參賽新生入座。

見到大家在各自的崗位揮灑汗水的模樣，我的心裡頓時湧現一股暖意，基於推車太大不易進入會場，我和方偉皓便停在距離會場最近的觀看席觀賽。

最後一場比賽很精彩，五位參賽者中有兩位，在短短十五分鐘內吃下八個車輪餅，以一般人來說算是表現的相當亮眼。

比賽一結束，就見林萱積極地上前，與圍觀的同學推廣大胃王社，儘管最後只有一個人交回入社單，大家還是很開心，因為最終統計結果，比我們預期的五名新進社員硬是多出了四名，等於說在社團招新的活動上我們招募了九名新進社員。

還有一些拿了傳單說回去會好好考慮的新生。

總之，因為大家今天的努力，應該暫時不用擔心廢社的問題了。

「恭喜妳啊，杜社長。」

社團招新活動結束，所有社團都開始收尾。

方偉皓推著那台醜不拉嘰的推車，帶著我在校園中緩慢移動的模樣顯得格外醒目，剛剛太過緊急，以至於我沒有注意到周圍不時向我們投來的疑惑目光，搞得我現在只能一直低著頭避免任何四目交接的機會。

身為一介社長，現在這個時間應該還在攤位上忙進忙出準備收尾才對，但是我的社員們比我還擔心我腳上的傷勢，所以說什麼都不願讓我幫忙，催著我趕快回教室收拾東西，出校就醫。

「方偉皓，是說你們球隊今天沒有活動嗎？」

推車行進到一半，我突然想到，今天應該是所有社團一個學期中最忙碌的日子，只是我身後的籃球隊隊長看起來卻比誰都還要悠哉。

「我們又不是一般社團，新隊員也不用我們到處招募，沒什麼重要的事啦！就跟平常一樣訓練啊，頂多跟新生一起練投，我晚一點再過去就好。」方偉皓抓了抓鼻子一派輕鬆地回應道。

我冷笑了幾聲，瞇起眼睛，回頭望向那個一舉一動早已全部被我看穿的單細胞生物，一說謊就抓鼻子的習慣，我看這傢伙到進棺材那刻都改不了吧。

「這麼不會說謊還想騙我，方偉皓你真的有待加強喔！以後被女朋友吃得死死的，我可幫不了你。」

說話的同時，推車剛好停到我們班教室門口，我艱難的緩緩把腳放到地面，扶著牆壁吃力的站起身來，忍著不斷自腳踝蔓延上來的刺痛感，回頭對著呆站原地的大高個兒擠了擠眼睛：「你趕快回體育館吧！我不想你因為我的關係被罰蛙跳三圈，我找班上同學來幫忙就好了。」

「妳的腳根本沒辦法走，人家是要怎麼幫妳，妳在推車上等我，我進去幫妳收。」

方偉皓無視我三番兩次的勸阻，說什麼都不肯讓步，堅持要我坐在推車上等他幫我把東西收完。

「等一下回到隊上一定會被余教練罵個半死，到時候被罰加練，腿廢了就不要來找我幫你貼酸痛貼布。」方偉皓將書包交給我的同時，我沒好氣的說。

無視我的碎碎念方偉皓沒有回話，我也懶得回過頭去看他臉上的表情。

「臻臻，等一下。」

還沒走幾步，突地，有人從身後出聲喊住我。

只見我們班的學藝股長丁宇萱氣喘吁吁的從教室裡追了出來，手上拿了一個看起來很陌生的紙袋。

「這個妳忘記拿了！」

「這個不是我的啊？妳是不是搞錯了。」我疑惑的瞄了一眼丁宇萱手上可疑的小包裹，印象中那確實不是我的東西。

「剛剛有一個男生拖我交給妳的。」

「男生？」方偉皓比我更早出聲，只是他跟我疑惑的點似乎不是一樣的。

我有些錯愕的接過包裹，小心翼翼的打開折得相當整齊的封口。

方偉皓也在一旁好奇地探頭張望。

其實當我接過紙包的時候就大概知道裡面裝得是什麼，所以在看到內容物的當下並沒有很訝異，我抬起眼來看向丁宇萱：「拿東西給我的人有跟妳說自己是誰嗎？」

丁宇萱偏著頭回憶：「他拿給我之後就走了，一個高高瘦瘦的男生，雖然看起來有點嚴肅，但臉長得蠻好看的，頭髮……有點自然捲，感覺應該是跟妳同個社團的人吧？」

聽完丁宇萱的描述，我的腦袋非常迅速地閃過一張人臉——夏淳宇那張估計放了一百年還是跟大便一樣臭的臉。

「哼，夏淳宇，算你還有點良心。」我掏出紙袋裡還殘有些許餘熱的車輪餅奮力咬下一口，

「方偉皓，你要吃嗎？」

撥開我的手，方偉皓看上去不怎麼感興趣，「妳坐好，很危險。」

我點了點頭，聽話的挪了挪屁股，兩口解決被方偉皓殘忍拒絕的紅豆車輪餅，綿密香甜的紅豆餡瞬間攻陷我的味蕾、充斥整個口腔，還來不及吞下口中的車輪餅，我又迫不及待的從紙袋裡掏出第三個。

「咦？這是什麼？」一下少了三個車輪餅，原本被撐得鼓鼓的紙袋一下空了許多，隱藏在紙袋底部的東西少了遮蔽物，露出其中一小角。

我輕輕將裝有車輪餅的包裝提起，藍色的紙盒和紅色藥瓶一併映入眼簾。

我哭笑不得的撈出那盒尚未拆封的OK繃以及優點。

什麼嘛，原來這個面無表情的傢伙，就是傳說中刀子嘴豆腐心的傲嬌少年啊。

我笑著搖了搖頭，將東西小心翼翼地裝回紙袋中。

「阿姨說她會在後門等妳。」方偉皓突然出聲打斷我的思緒。

不知道是我想太多還是他真的怎麼了，除了沿路上都沒什麼跟我說話以外，整個人看上去死氣沉沉的，一點都不像平時傻憨憨的大高個兒。

「喂，刺蝟頭！你是不是擔心等一下回去會被教練罵得很慘。」

「沒啊。」

「真的嗎？不然你先跟余教練賒帳，那三圈蛙跳等我腳好了再幫你跳。」

我瞇起眼睛仔細觀察身後方偉皓的反應，本來以為他會被我的話逗笑，可他卻始終板著一張臉，也沒有回應我的目光，像隻鬧彆扭的拉布拉多。

「到了。」

只有在看到我媽的時候，方偉皓整個人看上去有稍微正常一點，「阿姨，那我就先回去了。」

「要不要搭我們家的車，等臻臻看完醫生，一起去吃飯？」我媽每次見到方偉皓都笑得很燦爛，一天到晚跟我說方偉皓長得跟方偉皓他爸簡直就是一個模子刻出來的，一樣都是大帥哥。

這裡先不討論我媽的審美觀，因為當她聽到方偉皓還要訓練，不能跟我們一起去吃飯的第一個反應，竟然是惡狠狠的朝著我的手臂擰了一下。

「啊，痛！」

「妳看看妳！一天到晚給別人製造麻煩，走個樓梯也能摔成這樣，還要這樣麻煩人家，到時候害偉皓的訓練進度延誤，不能參加比賽怎麼辦？」

「呸呸呸！妳不要亂講話！才缺席一次哪有那麼誇張。」

「嘖，妳喔真的是很麻煩！今天公司又剛好特別忙，又不是小學生，這麼大的人還能把自己摔成這樣，早就要妳減肥妳偏不聽，活該啦。」

「到底關減肥什麼事啊！我是踩空階梯欸，跟體重無關好嗎。」

「胖就胖，請不要找這麼多理由和藉口。但是妳有沒有覺得偉皓今天看起來好像心情不太好的樣子？在學校有發生什麼事嗎？欸我突然想到，今天晚餐很想吃巷子旁邊新開的火鍋店，妳覺得如何？等一下轉彎應該就會看到。」

忘了說，我媽是思維極度跳躍的水瓶座AB型，當她的女兒十六年，我到今天都還是很難習慣她極度跳躍的聊天模式。

「我不知道啦，隨便隨便。」我生氣的重重往椅背上一靠。

「欸，我這台車是公司的，妳撞壞要賠喔。」

我翻了個白眼，懶得繼續跟她說話。

隔天，我跛著腳一拐一拐地走進校門。

昨天去醫院之前，我媽先把我帶去一間看起來很陰森的國術館。

「妳確定是這裡嗎？」我不想下車。

「對啦！我同事跟我說這裡很靈。」

「很靈？不是國術館嗎？為什麼要很靈？我不要，妳載我去醫院啦！」

「不要計較這麼多，很靈就是師傅很厲害的意思，妳不是扭到腳站不起來嗎？去喬一下，搞不好只是位置跑掉。」

「什麼位置跑掉？我不要啦！妳不要這樣，快點送我去醫院！」我抵死不從，緊緊扒著副駕駛座的椅背不放。

最終，我媽低級的用一個禮拜的伙食費威脅我，迫於斷糧危機，我只能攙著我媽心不甘情不願的單腳跳進國術館內，坐上一張泡棉幾乎全數裸露在外的旋轉椅上，等著一頭白髮，戴著厚重豹紋老花眼鏡的師傅，在我的腳踝一陣摸索。

而後，他擺出一個叫人看了膽顫心驚的預備姿勢，只是我還來不及吶喊，「喀喳」一聲，就見他揚起頭來，笑咪咪地對我說：「妹妹，還好妳的身材比較有福氣一點，走位沒有很嚴重，雖然這幾天還是會有點痛，但至少應該可以正常走路了。」

儘管師傅很盡力的把話說得委婉，但我還是一下就聽出這句話的白話文直翻就是：妹妹，因為妳的肉比較多，所以沒有很直接的傷到骨頭。

好吧，我認。畢竟師傅說得好像也蠻有道理的。

所以這個故事告訴我們，長得胖不全然都是壞事，至少我因此不用打石膏或是拄拐杖。

出了國術館，我媽還是很有良心的載著我到大醫院檢查。

醫生告訴我，只要這幾天不要做太激烈的運動、定時抹消炎藥，大概一個禮拜又是一尾活龍，基本上不是什麼太嚴重的傷。

至於方偉皓呢。

為了幫我，他幾乎翹了一整個下午的隊練，除了被教練痛罵一頓之外，還要連續一個禮拜提前一小時到體育館交互蹲跳。

不過，這些當然都不是方先生親口跟我說的，只是方偉皓每次都以為他不告訴我，我就什麼都不會知道。

「吳書豪，幫我把這個拿給方偉皓！」我所剩無幾的良心，還是逼著我跛著腳替一大早就出門的方偉皓送早餐。

「真羨慕，隊長還有愛心早餐可以拿，真好。」吳書豪接過早餐店的塑膠提袋還不忘順便揶揄我。

「裡面有一個培根蛋堡是你的。」

「哇！也太感人了吧！我還以為這些福利永遠都不會屬於我。」

「方偉皓現在還在跳嗎？」我有點心虛的往吳書豪身後的鐵門望。

這個吳書豪美其名可以說是我的專屬個人情報站，說難聽一點就是他嘴巴大話又很多，我的好朋友方偉皓又是一個報喜不報憂的傢伙，所以很多時候只要一察覺方偉皓有事瞞著我，我都會直接跑來問吳書豪。

「安啦，每天多跳三圈死不了的，方偉皓可是鋼鐵人，上次任家煒身體不舒服，隊長連帶他的份一口氣跳了十圈都沒怎樣了，三圈算什麼。」

「是喔……但是一兩天倒是還好，連續跳一個禮拜，好像就……好像……。」

雖然聽吳書豪這樣說我是比較沒有這麼擔心了，但畢竟是因為我的緣故，方偉皓才被處罰的，所以心裡難免還是有點過意不去。

「妳如果真的這麼擔心的話，下次我主動跳出來跟教練要求幫隊長跳，條件是每天都想要培根蛋堡配大冰奶。」吳書豪最後幾個字還故意操著鼻音嗲聲嗲氣的說，見他拎起早餐提袋貼在小麥色的下巴旁，裝模作樣地對著我擠眉弄眼，我當然是毫不猶豫的往他的腦袋獻出一記降龍十八掌。

「你做夢比較快啦。」

撇下留在原地哀哀叫的吳書豪，我帥氣的轉身離開體育館，剛剛光顧著跟吳書豪聊天，差點忘記我們班今天早自習有數學考試，再不趕快回去我一定會在下一堂數學課被數學老師盯得死死的。

不過，看來還是我太高估自己的數學實力了。

因為就算回教室乖乖考試，我的分數基本上就跟遲到隨便亂猜的同學沒什麼兩樣。

度過前兩節難熬的數學課，下課鈴聲簡直比鄧紫棋唱歌還好聽，在數學老師氣憤的踩著一雙高跟涼鞋踱出教室的那一刻，我立刻虛軟無力的癱在桌上。

「從現在開始，我立志要當一坨爛肉。」

「好喔，那身為一坨爛肉，妳比較想要草莓起司，還是花生巧克力？」

果然，這個世界上只有林萱懂我，從桌上彈起身來的那一刻我緊緊環住來者纖細的小蠻腰：「嗚──妳一定是上天派來拯救我的天使，我真的快要餓死了。」

「喂，妳不要太誇張，早自習的時候明明看妳吃了兩份早餐，不要以為我沒看到。」林萱語帶笑意的掙脫我的環抱，在我面前的位子坐下。

「拜託，那個是正常發揮，我可是大胃王社的社長。」我津津有味的咬下手中的花生巧克力夾心三明治，這是林萱從她家附近一間很有名的三明治專賣店買的，每一種口味都超好吃。

「昨天去醫院結果還好嗎？妳昨天坐著推車出現的時候臉色有夠差，我跟俞書婷差點沒被妳嚇死。」

「其實醫院只是順便去的，我的腳是在國術館弄好的。」

「真的假的啊？聽起來就很痛，我最怕聽見喬骨頭的那種聲音，光用想的就起雞皮疙瘩。」

「我本來也是這樣以為，但師傅的動作太快，快到我的神經還來不及傳輸痛覺就結束了，所以老實說，沒有想像中的恐怖。」

「是喔！那就好。妳趕快吃一吃，等妳吃完我們就走吧。」

「走去哪？」我嚥下最後一口三明治，瞪大眼睛望向林萱。

林萱看上去比我還要驚訝，伸出手拍拍我的頭，非常沒有良心的問道：「妳昨天摔下樓梯的時候，是腦袋先著地嗎？不然怎麼會連音樂課要去音樂教室上這種事都會忘記？」

啊，原來下一節是音樂課啊⋯⋯。

雖說是輕鬆的課，但本人我唱歌五音不全不說，對樂器更是一竅不通，吹直笛、彈烏克麗麗什麼的最討厭了，所以我並沒有很期待音樂課。

不像林萱，一天到晚都在巴望著音樂課跟家政課的到來。

「聽說這學期的音樂老師換人了，妳們知道嗎？」

才剛坐定位沒多久，坐在我正前方的丁宇萱，便興奮地轉過身來，來回望著姍姍來遲的我們。

音樂教室的座位沒有硬性規定，早到的人可以自己選擇喜歡的位子，但是基於我跟林萱每次都固定坐在倒數幾排，所以久了這兩個位子也不太會有人坐。

「換人了？我沒有聽說欸。」

「妳上學期上音樂課都在睡覺啊，老師最後一堂課不是有說她要調去別的學校，所以這學期不會繼續教我們了嗎？」

我偏著頭試圖回憶，卻發現自己似乎連上學期的音樂老師長什麼樣子，都不太記得了。

「據說新老師很年輕而且長得很漂亮！我聽隔壁班同學說的。」

丁宇萱語音方落，就見她口中漂亮又年輕的音樂老師，穿著一襲飄逸的雪紡紗長裙優雅地踏進教室。

「啊！」驚呼出聲的那一刻，我跟林萱默契的交換了一個眼神。

「各位同學早安，我叫高子璇，從這個學期開始擔任貴班的音樂老師，請大家多多指教。」

望著講台上那張自信美麗的笑顏，我突然想到，昨天還來不及問老師究竟為什麼會找來大胃王社的攤位幫忙，也還沒好好跟老師道謝，要不是她的出現，昨日的比賽絕對不可能進行的這麼順利。

只是，在那簡直亂成一團的活動會場，音樂老師沒有去管樂社又或熱音社，反而跑來大胃王社的原因，究竟是什麼呢？

有別於以往，這堂音樂課我格外認真的盯著講台，滿腦子都在思索著有可能的原因。無奈，截至下課鈴聲響起，我依舊理不出任何頭緒。

同學們一如往常，趕在最後一個音符敲響前一轟而散地跑出教室，原本以為頻頻向我投來的目光單純只是個巧合，直到音樂老師優雅地舉起雙手，對著依然坐在位子上的我輕輕擺了幾下——

「杜臻臻同學，來前面找我一下。」

第五章

失敗了也沒關係

自從得知敲勾練車輪餅是練智遠家的家族事業，我們便開始頻繁的登門拜訪，與其說是登門拜訪，說是白吃白喝或許更為精確，誰叫練叔叔每次看到我們都恨不得連帶整組車輪餅機台通通裝進我們肚子裡，說有多熱情就有多熱情。

「這些請你們，慢慢吃，不夠再跟叔叔說嘿！」

「爸！你每次都這樣，店裡會虧本啦！」

「就是說啊！叔叔您這樣我們下次都不敢來了。」林萱難得沒有站在練智遠的反面，光憑這點就能知道練叔叔對我們的溺愛程度，已經到達當事人都會感到過意不去的境界。

「哎呀，不會啦。你們常常來玩叔叔的生意才會越來越好。」

練叔叔絲毫不覺得困擾，笑咪咪的一下又端來好幾杯飲料，本來打算再多跟我們說些什麼，只是店裡一下來了太多客人，離開前練叔叔只好不捨的輕拍夏淳宇的肩膀：「同學，要多吃一點，你真的太瘦了。」而後，便撇下全身僵硬的夏淳宇匆忙轉身離開。

不知道為什麼從剛進店門開始，便感受到練叔叔對夏淳宇關愛有加，甚至特別為我們保留了滿滿一盤的隱藏版口味，儘管他似乎忘了夏淳宇是個妥妥吃不胖的大胃王，即使把整間店的車輪餅都吞下肚，身上也不會多長一絲贅肉，才會在離開前嚷著讓他多吃一點。

「社長，學生會那邊在問這次畢業旅行的晚會表演，大胃王社有要報名參加徵選嗎？」

今天是社團招新結束後幾天，社內私下舉行的第一次幹部會議，林萱放學時剛參加完學生會舉辦的定期社團會議，看上去一臉疲態。

「我大概聽說了，這個問題等一下再來好好討論，開始會議前有件事情想跟大家宣布。」我放下手中吃了一半的爆漿卡士達車輪餅，來回掃著一片死寂的社員們。

最近大家除了繁忙的社團事務以外，這學期的期中音樂會更是讓所有的高二同學忙得焦頭爛額，畢竟這是第三高中的傳統，在期中音樂會表現最好的組別就能代表自己的班級在畢業晚會上表演，這樣難能可貴的機會讓各個有才華、有實力的同學們摩拳擦掌，像是林萱就跟班上幾個會彈吉他的女生組了一個小型樂團，每天午休時間都可以見到她們在樓梯間賣力練習的身影。

「什麼事啊？不會是何清明又跑來威脅說要廢社了吧？」俞書婷無力的扇了扇眼皮，似乎對於學務主任三不五時的威脅見怪不怪，意興闌珊的啜了一口面前的紅茶。

「那倒不是，是關於這學期的社團指導老師……。」才剛提到關鍵字，就見原本低頭把玩橡皮筋的練智遠猛的抬起頭來。

「指導老師怎麼了？我們社團的掛名指導老師不是就是何清明嗎？」

唉，想當初匆匆忙忙成立社團，指導老師的欄位就這樣空著，結果被迫填上何主任的名字，原本以為充其量就只是「掛名」沒想到對方三不五時就跑來威脅，而且高一下學期末，何主任又一次氣沖沖的拿著社團紀錄本來找我。

「第一週，幹部選舉；第二週，觀摩日本大胃王比賽影片；第三週，觀摩美國大胃王比賽影片，外加票選期中挑戰的大胃王美食項目；第四週，分組競賽，挑戰二十分鐘吃完五十個麥克雞塊；第五週，分組競賽，挑戰十分鐘吃完合作社大碗酸辣湯麵；第六週，期中分組競賽……」念到這裡只見何清明用力吸了一大口氣，整張臉漲得通紅，用力把社團紀錄本摔到我面前，伸出顫抖的手指示意我接著讀下去。

迫於無奈，以及何清明撐著鼻孔一副怒不可遏的模樣，我只好畏畏縮縮的舉起社團紀錄本心虛的翻看每週的社團紀錄。

其實我心知肚明，儘管我絞盡腦汁，每週都盡力把社團活動課寫得豐富有趣，但確實就如何清明所說的：

「請問大胃王社除了吃東西以外，沒有別的事情可以做了嗎？每週不一樣的幾乎都只有食材而已，妳覺得這樣社團有辦法永久經營下去嗎？還是妳是想一畢業就廢社？那要不要乾脆現在就廢社？反正也沒做出什麼成績。杜臻臻同學，希望妳可以好好思考一下，自己當初拼死拼活都想要成立大胃王社的初衷是什麼？」

那次以後，就連走在校園裡面，我都要小心慎選路線，避免經過學務處，極力排除任何有可能與何清明正面交鋒的機會。

暑假時，我想了很多下學期開始可以參考的模式，也打算從這學期開始籌備課程組，畢竟事情的確就如何清明所說的，就算我們是大胃王社，也不能每週都只是把門關起來躲在教室裡不停的吃東西，是該考慮還有什麼其他的可能性，來幫助社團得以永續經營下去。

「從這學期開始，我們社團的指導老師要換人了。」

「蛤？」在場除了我跟林萱以外的其他人都訝異的瞪著雙眼。

「為什麼？」練智遠偏頭，不過他的表情看上去似乎也不是特別好奇，只是一種反射性地反應罷了。

「反正原本社團指導老師就只是掛名而已，換不換哪有差。」夏淳宇板著臉，依然不改平時的冷漠。

「我也覺得好像還好，還有誰能比何清明差？一天到晚威脅說要廢社。」

俞書婷斂了斂眼皮表示這似乎是個還不錯的消息。

「所以現在換成誰？」

「高子璇。」我嚥了口口水，默默又拿起眼前一顆冒著白煙的車論餅，「上學期新來的音樂老師。」

「什麼？音樂老師？」

「音樂老師為什麼要來當大胃王社的指導老師？」

在場大家的反應，就跟我那天在講台上詫異的表情一模一樣。

「什麼？您說想要當大胃王社的指導老師？」

那天，音樂課才剛下課沒多久，便見我瞋著雙眼，站在講台上，一臉詫異的望著眼前笑容滿溢的音樂老師。

「不是……那個……老師為什麼不去擔任其他音樂性社團的指導老師，而要選擇大胃王社呢？」我站在講台上愣愣的看著一臉期待的音樂老師。

「那麼臻臻又是為什麼想要創辦大胃王社呢？」她微微偏著腦袋，及肩的深棕色長髮優雅垂墜肩頭，明媚的雙眸裡噙滿笑意。

嗯……為什麼要創立大胃王社啊？

如果真要給個理由的話，也許是那天偶然在球場上遇到夏夢柔才讓我有了這個想法吧。

當提到自己是大胃王社的社員時，夏夢柔臉上驕傲的表情讓我很嚮往也很羨慕。

曾經有人告訴過我：「如果妳真的很喜歡一件事情，就不應該害怕旁人的眼光。」雖然可能會讓大家感到意外，但這句話是方偉皓那個呆頭呆腦的傢伙在我猶豫不決的時候，一面啃著夜市買的雞排，一面心不在焉的對我說的。

「妳應該要對自己更有自信一點，相信自己，就像我相信妳一樣。」

方偉皓是這個世界上，「唯二」一個從來沒有取笑過我的喜好的人。

另一個人是我爸。

「這麼胖，還吃這麼多，真的是沒有自知之明欸。」

「什麼大胃王？贏了又怎麼樣？有很厲害嗎？可以賺錢嗎？」

「吃吃吃，一天到晚就只知道吃，也不找點有意義的事情做。」

「就是因為妳每天一直吃，才會胖成這樣。」

過去，在我身為大胃女生的千百個日子裡，「大胃王」這三個字好似成為一個枷鎖，將我禁錮在一座暗無天日的碉堡之中。

童言無忌的夢想，無形之中成了一件難以起齒、讓人丟臉的事。

國小的作文課上，對於「我的夢想」這樣的題目，我是感到畏懼的，因為我的夢想跟其他人的雄心壯志相比，顯得幼稚、渺小、上不了臺面還很莫名其妙。

「我的夢想，是成為醫生，救很多很多的人。」

「我想當一名芭雷舞演員，每年都出國表演。」

「我希望可以成為一個，受到所有學生愛戴的好老師。」

「我想當科學家……。」

「我想當導演……。」

看著同學們慷慨激昂站在講台上，抬頭挺胸的闡述著自己未來的遠大志向，我也跟著仿效，興奮的踏上講台，拿著我花了好久才填滿的作文紙，大聲朗誦道：「我的夢想，是成為全世界最厲害的大胃王，吃遍世界上所有美味的食物……。」

「哈哈哈，果然神豬的夢想就是不一樣！」

「好好笑，難怪杜臻臻會這麼胖！」

「肥婆臻、肥婆臻。」

「妳吃得比男生還要多，我媽說妳這樣不正常，不正常就要看醫生。」

「哈哈哈如果吃了會胖，就不會是大胃王啦，說是貪吃的胖子還差不多！」

「大胃王才不是一個職業，怎麼可以當作夢想。」

相較於其他人收穫的滿滿掌聲，我的夢想在諾大的教室中，成了一個笑話。

沒有喝采，沒有祝福，只有滿滿的訕笑。

其實我不明白為什麼夢想這麼難，我以為只要自己很喜歡一件事，那麼那件事就能成為夢想。

爸爸告訴我，他小時候也夢想著有朝一日能夠成為聲名顯赫的大胃王，受到大家崇拜，吃遍世界上所有美味的食物。

可是現在，他成了科技公司的基層業務，我不知道成為「吃遍世界所有美食的大胃王」是否依然是他的夢想，我只知道當他下班的時候，一個人吃完一整隻烤雞，又或帶著我跟我媽吃遍家裡附近的所有吃到飽餐廳，已在不知不覺中，成為他每天最期待的小確幸。

或許是因為我的出生，老爸不得已只能隱藏他的另外一個身分，過上安分平穩的生活，但他依然是我的英雄，儘管自他缺席那場百貨公司的大胃王比賽開始，基本上就再也沒有主動提起過任何與大胃王比賽有關的事。

客廳的櫥櫃擺了一個木製老相框，裡頭裝得是老爸大學剛畢業，遠赴日本參加大胃王比賽得到第三名的照片，照片裡的爸爸調皮的將獎牌掛在頭頂上，臉上掛著的笑容異常燦爛，燦爛得讓人捨不得將目光從那張洋溢著自信與幸福光芒的臉龐移開。

我記得，很久以前，它是被擺放在家裡的電視櫃上的。

有一次，叔叔一家人來家裡玩，表弟不小心把相框碰倒掉在地上，摔斷了其中一根支架。

那時，爸爸並沒有說什麼，他只是笑了笑，默默將相框撿了起來。

直到我再次在櫥櫃裡看到它，相框背後那支搖搖晃晃的小木板，已經神不知鬼不覺的被黏了回去。

然後，悄然無聲的收進櫥櫃裡再也沒有拿出來。

我不知道這算不算是一種告別，也不知道爸爸是抱著什麼樣的心情，將自己最喜歡的樣子鎖進那個稍不留意，就會被永久遺忘的木櫃裡。

是遇到更喜歡的事所以不再感興趣？還是迫不得已的放棄？

就算只是當做消遣，就像放假偶爾跟客戶打打高爾夫那樣，大胃王這個身分卻好似再也不屬於他，被悄悄隱藏了。

「方偉皓，你真的覺得我有辦法成立大胃王社嗎？」逛完夜市回家的路上，我拉著方偉皓的書包背帶低著頭問道。

「我覺得很酷啊，可以試試看。」

「不會很好笑嗎？」

「不會啊。聽起來很有趣。」

「是喔。那……我如果招不到社員怎麼辦？」

「嗯……那我就去當妳的社員。」

「是喔，那球隊怎麼辦？」

「……」

原本以為方偉皓不打算接續這個話題了，我笑著拍了拍他的肩膀：「我看還是算了。如果你拋棄籃球隊跑去加入其他社團，那麼慫恿你的我，怕是會被余教練追殺到天涯海角吧。」

「就算招不到社員，社團沒辦法成立也沒關係。」沒想到眼前高過我至少兩顆頭的方偉皓，卻在我轉身妄想搶走他手上的多多綠加珍珠時，突然開口。

「蛤？」我抬起眼來對上他的雙眸，淺淺眸光在澄澄路燈下清楚映出我的身影。

「就算所有人都說妳不行，只要妳有嘗試的勇氣，那麼失敗了也沒關係。」

方偉皓在說這些話的時候，突然有股尷尬的氣流在我們之間湧動。

看著他認真的表情我莫名覺得好笑。

「教練說的。」或許是發現我嘴角的笑意，方偉皓紅著臉撇過頭去補充道。

我一把搶過他提在手上的飲料，「你看你平時打籃球多熱血啊，又帥、又可以長高還可以替學校爭光。吃很多東西有什麼了不起的，但是如果是像夏夢柔那樣的漂亮女生就不一樣了，你懂嗎刺蝟頭？那是一種反差，一個美女成立大胃王社跟一個胖子成立大胃王社，會是截然不同的結果。」

一口氣說完想說的，我用力吸了一口手上的飲料，因為距離購買的時間已經過了一陣子，珍珠有些膨脹，咬起來又軟又爛一點也不好吃。

「差在哪？」方偉皓沒有超越我，默默跟在我身後低聲問道。

「差在身材啊，臉啊，人帥益生菌，人醜大腸菌你沒聽過嗎？你可是益生菌欸方先生，益生菌是不會懂得大腸菌的痛苦的。」我笑著轉頭把飲料還給走在我身後的刺蝟頭。

只是走沒幾步，卻發現身後的大高個兒似乎沒有跟上，疑惑地回過頭去，卻見方偉皓板著一張臉站在原地。

「益生菌先生你不回家嗎？站在那裡幹嘛？」我朝他喊。

「我不會笑妳。」

「……蛤？」

路燈下，方偉皓的身影被拉得又細又長，讓我想起小時候故事書裡的長腿叔叔。

「比起其他的，我更喜歡那個勇敢做自己的胖子。」

天底下會這樣對我說的，大概也只剩方偉皓了吧。

我認為自己充其量也算一個樂觀的人，只是再樂觀的人，也很難做到真正不去在意別人對自己的評論，很多道理其實我們心知肚明，可是胖子的心終究還是肉做的，經不起一而再再而三的打擊，方偉皓當了我八年多的OK繃，讓我截至目前為止還能打起精神來面對時不時向我襲來的惡意。

能夠順利成立大胃王社，每天陪著我追趕跑跳碰的刺蝟頭男孩，功不可沒。

除了方偉皓，子璇老師是第二個問我到底為什麼想成立大胃王社的人。

「我希望可以讓更多人認識大胃王，也想跟其他喜歡大胃王的同學們一起努力，開創出更多可能性。」我偏著頭，盡可能講出自己心裡最真實的想法，且不顯得芭樂。

不過似乎不是很成功，因為當我講到「一起努力」的時候還是忍不住在心裡噁心了一下。

子璇老師聽後卻絲毫不在意我那沒什麼說服力的發言，臉上浮出一抹好看的微笑，一雙細長的眼睛彎成彎月狀，為原本就柔和的輪廓增添了幾分可愛的氣息。

「我會去拜託何主任，請他同意從這學期開始由我來擔任大胃王社的指導老師。」

最後，她這樣對我說。

本來以為事情要兜兜轉轉好幾天才能有個結論，沒想到當何清明聽到子璇老師要接手大胃王社時，幾乎是一秒之內點頭答應，看來是連反射神經都在告訴他要盡快擺脫我們這幾顆燙手山芋才行。

「我看過妳的創社企劃表。」坐在操場旁的看台區，子璇老師從米色肩背包裡抽出一個淺綠色的資料夾。

「有一個小小的疑問。」她伸出纖細修長的手指，比了比創社動機那一欄：「這裡有寫會積極參與大胃王比賽，社團招新當天的活動是有做到這點沒錯，但是實際有落實參與大胃王比賽的似乎就只有妳、副社長跟幾個社團幹部而已，其他社員的社團歸屬感其實不大。」

我心虛的點了點頭，的確除了我們幾個幹部以外，很多社員社課期間基本上都是來社團教室做自己的事，順便消磨時間而已。

「另外……。」纖細的手指往下游移，我嚥了口口水跟著緊張起來。

「這裡有寫到大胃王吃播，我覺得這個點子還不錯，怎麼都沒有看到社團在做這件事呢？」

「嗯……應該是說，不知道……該怎麼開始。」創社之初，我不是沒有想過或許可以使用時下很紅的直播平台來進行吃播。

可是吃播其實是一件不太需要團隊合作的事，如果每一堂社課都駕著一台手機在講台前直播，好像也沒有什麼太大的效益，所以最終這個想法只能胎死腹中，除了我以外，大胃王社沒有任何一個人知道我曾經有過這個想法。

「我時常看到你們幾個幹部在開會討論，有時把想法適時的丟出來，就算最後沒有採用大家也能集思廣益，無形中產生出來的想法，往往才是一個團隊最終需要獲得的東西。」子璇老師說著按下手機電源，點開一個我們再熟悉不過的APP介面。

「如果說直播平台的方式不可行，妳覺得這樣的方式怎麼樣？」

從子璇老師手中接下手機的那一刻，我從來沒有想過，接下來的大胃王社竟會產生如此劇烈的變化。

「杜臻臻，外找喔。」

放學時間，只見丁宇萱將頭從前門探進來，露出一臉看好戲的表情。

瞥見來者冷若冰霜的側臉，我嘆了口氣拖著步伐心不甘情不願的走出教室。

「走吧。」將書包甩上肩，不想有太多尷尬的對話空間，我逕自走在前頭。

對方沒有說話，默默邁開雙腿跟在我身後。

還未走出校門，書包裡的手機突然開始震動，我順手掏了出來，見到來電顯示後平淡的滑開通話鍵。

「喂。妳在哪裡？剛剛繞到妳們教室沒看到妳。」

「我今天趕著要去錄節目，你幹嘛，今天不用練球嗎？」

「嗯，今天是自主訓練。」

「那你還不快點去自主訓練，是想被余教練操到腳廢掉？」

「我突然好想吃火鍋。」

一個八竿子打不著的話題，我無奈的嘆了口氣。

「要不是今天要拍攝，不然我也很想吃火鍋。還有請問你是特別打電話來找我抬槓的嗎？」

「對啊，妳最近好忙，我的比賽都沒來半場。」方偉皓的聲音聽起來有些哀怨。

「你才好忙啦，我聽說接下來球隊要加緊訓練了，你今天就加減練一下不要練過頭，聽到沒？姐現在必須得趕路不跟你說了。」

「嗯，知道了，拍攝加油，火鍋我們改天再吃。」

以上的對話是不是讓大家感到很疑惑？

為了不讓大家疑惑太久，只能說那天和子璇老師的談話，幾乎是在一夕之間改變了整個大胃王社的運作模式。

「或許我們社團現在最大的問題，就是太過專注在『大胃王』這件事情上，所以才會遲遲沒有辦法有所突破。」我站在講台上望著台下滿臉錯愕的社團幹部們。

「高中社團很少有人這樣做吧？而且我們大家基本都是門外漢。」練智遠擺出一副若有所思的表情。

「這個方法真的行得通嗎？會不會帶來什麼不好的影響？」俞書婷也跟著納悶。

「反正就先試試看吧！我覺得比起上學期千篇一律的社課模式，這或許會是個不錯的突破，如果成果好的話，相對於一般社團，大胃王社也許會更偏向一個團隊。」說著說著腦海裡又浮現那天放學和子璇老師在操場邊的談話。

「直播主當不了，當 YouTuber 妳覺得怎麼樣？」夕陽餘暉下，老師圓滑的側臉暈映出一圈淺淺的光，米白色的針織上衣也悄悄染上一抹橘紅色的光暈。

接過她舉到我面前的手機，我愣愣地望著螢幕上幸福的吃下十人份火鍋的大胃女郎。

「如果妳的創社目標是希望能讓更多人認識大胃王的話，我覺得這會是個不錯的嘗試。」

「如果要改變社團經營方向的話，我覺得可以分配成表演組，像是社長、副社長這樣本來就很能吃的同學。行銷企劃組，協助尋找廠商贊助、管理平台。還有節目企劃組，像是練智遠跟活動組一些點子比較多的同學，可以幫忙企劃每一集的節目內容。」林萱看上去很興奮，在黑板上畫了幾條數狀線，朝氣蓬勃的向大家說明。

和子璇老師聊過以後，第一件事就是打電話給林萱求助，畢竟光憑我一個人的力量恐怕很難說服其他人，尤其是保守派的俞書婷和怕麻煩的夏淳宇。

「如果要把每一堂的社團活動課都當作一集影片主題，那攝影跟剪輯呢？這些專業的東西該怎麼辦，我們又不是大傳社或廣播社的。而且就算有人可以負責剪輯影片，如果每週都要剪接、上新片，這樣未免也太多道手續了，能不能維持穩定的更新就是一大問題。」俞書婷果然不贊成。

「不一定要每個禮拜都更新，我們可以跟其他社員協調，找到最適合我們的步調，也讓大家都有參與的機會。今天主要是想聽聽各位主要幹部們的想法，畢竟這樣做跟上學期是全然不同的模式，還是需要你們的協助，一切才有辦法完成。」

「我知道有誰可以協助攝影還有剪輯的工作。」夏淳宇突然出聲，而且破天荒的似乎並不反對這次的提案內容。

「誰？」練智遠搶在我之前開口問道。

「我妹。」夏淳宇抓了抓臉頰淡淡的說。

「原來你有妹妹，真好。」練智遠總是搞錯重點。

林萱毫無保留的朝著他翻了個大白眼，迅速轉頭望向夏淳宇。

「你妹妹也是我們學校的嗎？」

對此我也感到很好奇，有一次我不小心看到夏淳宇的手機桌面，一隻雪白毛茸茸的大白貓映入眼簾，在我窮追猛打的追問下，他才心不甘情不願地回答我，那是他妹妹養的貓。

而且絕對不是大家想像中的那種，一般人介紹自己心愛寵物時和藹寵溺的語氣。夏淳宇當下只是蹙起濃密適中的好看眉型，癟著嘴，用一副我欠他好幾百萬的嘴臉，毫無波瀾的低聲應了一句：「嗯，我妹的。」

臉臭到我忍不住在心裡為那隻貓，還有那名可憐的少女默哀，畢竟每天要面對這樣難相處的哥哥，也不是件容易的事。

這也就解釋了為什麼正逢放學時間，我卻連跟方偉皓吃火鍋的空閑都沒有，就要跟著這個臭臉王回家。

偏偏夏淳宇的妹妹這禮拜剛好只有今天有空，不過這倒也沒什麼大不了，大不了的是，今天俞書婷放學後要去台北火車站補數學，林萱更是早在幾個禮拜前便跟班上同學約好，要留在教室練習期中音樂會要表演的曲目。

所以只有我和練智遠還有夏淳宇這個怪奇組合代表出征，那天開會結束後我們決定了一個折衷的辦法——頻道與社團暫時先分開經營。

畢竟我們沒有人對經營 YouTube 頻道有經驗，專業技能基本為零，若直接拉著新進社員們一起投入，確實就如俞書婷所擔心的，是一件非常冒險的事。

「先試著做三個月，社團課的方式就依據頻道經營的結果機動修改，你們覺得怎麼樣？」這是俞書婷提出的最終方案。

我覺得可以。很保守，很安全，反正若是結果不如預期大不了撒手不幹。如果一開始就拉著所有人一頭熱的衝進去，到時候手忙腳亂卻是一場空的話，傷害反而更大。

走出校門後，不知道是我腿太短，還是身後的男子長了一雙結實大長腿。夏淳宇從原本落後於我的斜後方，默默移動到我身旁，而且還是在一個走沒兩步就會觸碰到彼此肩膀的範圍，儘管我非常努力試著拉開距離，礙於放學時段擁擠的校門以及本人略寬的身材還是無法避免。

「上次謝謝你。」

挨得太近導致我的眼角餘光，不斷掃射到隔壁男子傲人的下巴線條，我感覺自己再不說些什麼恐怕會原地窒息，只好硬著頭皮硬找話題聊。

夏淳宇白淨的臉上依舊不掛任何表情，似乎一點也不覺得兩個人並肩走在一起有什麼好奇怪。

「謝我什麼？」

「社團招生那天拿到我班上的藥膏，還有車輪餅，我們班同學跟我說了。」

「喔。不客氣。」

又是一次無情的句點。

「咳……那個……你妹妹也是高中生嗎？」

「嗯，那天不是說過了。」

好吧，很頑強。句點王的功力果真不是開玩笑。

「喔。那既然還只是高中生的話，怎麼會剪輯影片還有攝影啊？是社團？還是興趣？還是你妹該不會也有在經營個人頻道吧？」

一次丟一堆問題看你要怎麼句點我，你這個該死的臭臉副社長，若不是為了社團，我才不想一放學就跟你待在一起。我忍不住暗自在心裡偷罵。

夏淳宇聽了我一連串連珠砲似的問句，微微揚起下巴冷哼了一聲，默默別過頭去：「沒有為什麼，她喜歡看比賽。」

看比賽？什麼比賽？

看比賽跟我剛剛問的問題有什麼關聯性嗎？

多說幾句話是會死是不是？

才聊沒幾句就把天給聊死了，叫我們往後的合作該如何是好。

我敢保證能跟夏淳宇單獨待在一起安然無恙的度過五分鐘的，不是神就是瞎子。我很好奇到底有誰可以忍受長時間對著那張面無表情的臉自嗨，這已經遠遠超越熱臉貼冷屁股的程度了，自言自語都還比較自在。

好險在前往夏淳宇家之前，我們必須先去敲勾練車輪餅拿今天拍攝要用的食材，順便跟練智遠會合。

「杜臻臻！副社長！」

還沒走到店門口，就看到站在不遠處等候我們的練智遠。

「你動作也太快了吧？」見到笑容滿面的練智遠我彷彿看到了救星，三步併作兩步的跑向前。

「我怕會趕不上約好的時間，所以一放學就趕快跑回店裡打包今天要用的東西。」

基於我和夏淳宇今天放學碰巧都有數學小考，練智遠擔心若在學校會合會耽擱太多時間，一放學便急急忙忙先趕回家準備。

看到他手上兩袋滿滿的車輪餅，我連忙從書包裡抽出兩張一千元遞給練智遠，「這個拜託你拿給叔叔，每次都白拿店裡的東西不太好。」

「不用啦！他不會收的，妳這樣我很尷尬欸嘿嘿。」練智遠不好意思的笑了笑，用眼神示意我把錢收起來。

「哎呦！你們來啦！」或許是我們交談的聲音太大，練叔叔聞聲一跛一跛的從店裡走出來。

「叔叔好。」我笑著朝練叔叔擺了擺手。

只是練叔叔沒有把目光放在我身上太久，我發現在他注意到我身邊那個面無表情的句點王時，嘴角扯出的笑容似乎又燦爛了幾分。

「同學！你來啦！前幾天妳們來店裡的時候叔叔太忙都還沒好好跟你道謝。上次真的很謝謝你，不是很嚴重的傷還麻煩你大老遠跑一趟，不好意思啦，給你添麻煩。」

「不客氣，人沒事就好。」就連跟長輩說話，夏淳宇這傢伙還是這副死樣子，只有語氣稍微和緩了點。

不過，為什麼在場好像只有我狀況外。

什麼藥？什麼傷？練叔叔講的話我一句也沒聽懂，就見他轉身又從冰箱裡拿出好幾罐冬瓜茶堵到夏淳宇面前：「這個是剛剛才煮好的，你們帶過去一起喝，這樣夠不夠，不夠再讓小智回店裡拿。」

「這樣就夠了。謝謝叔叔，不好意思每次都來打擾。」我搶在夏淳宇之前急忙向練叔叔道謝，就怕從那張狗嘴裡吐不出什麼像樣的話。

不過，單從練叔叔看著夏淳宇的眼神，我敢保證如果今天練智遠是個女的，練叔叔絕對恨不得直接把夏淳宇拐回家做女婿。

這兩個人之間一定在我不在場的時候發生了什麼。

離開敲勾練車輪餅後，因為夏淳宇要帶路，所以一個人走在最前頭，我拉著練智遠緩緩跟在他身後，趁著過馬路到對街公車亭的閒暇，我小聲在練智遠耳邊問道：「問你喔？你爸怎麼好像跟夏淳宇很熟的樣子，你們該不會是什麼遠房親戚之類的吧？」

「遠房親戚？怎麼可能。」練智遠推了推鼻梁上的黑框眼鏡，「我跟夏淳宇超不熟的。」

嗯，我也跟他超不熟的。全校應該沒人跟他熟得起來吧。

沒有說出心裡話，我接著問：「那練叔叔剛剛說什麼受傷還是藥水的又是怎麼回事？」

「什麼？妳不知道嗎？」沒想到練智遠聽到我的問話後，反而露出一臉「妳怎麼會不知道」的表情。

「知道……什麼？」我有些錯愕，偏著頭開始回想，深怕是自己遺忘了什麼重要的事。

「啊！我想起來。社團招新那天妳中途跑去上廁所，所以不在場。」

「社團招新那天？」聽到練智遠這樣說我突然很緊張，嚥下口水時還差點被自己嗆到，「那天有發生什麼事嗎？我回去後沒有聽林萱跟俞書婷提到現場有出狀況啊，練叔叔受傷了嗎？」

「其實也不是什麼太緊急的事，加上你們報到台那邊又很忙，所以我就沒有回報了。」練智遠不好意思地笑了笑，「活動當天我忘記準備礦泉水，但是現場又要忙著幫我爸架設機台走不開，副社長知道以後就主動提議要去幫忙買，以副社長平時的個性，我本來還以為他會站在攤位旁邊冷眼看著活動組出包，沒想到當他聽見我跟機動組討論該由誰去買的時候，竟然會自己主動跳出來，在場的人都嚇了一跳。」

我突然想到那天活動開始前，有很長一段時間都沒有見到夏淳宇的人影，加上我當時太忙又太緊張，完全遺忘自己有交代活動組在活動當天，要事先準備好現場工作人員以及參賽者的飲用水。

看來當時是我跟俞書婷誤會夏淳宇了。

「嗯？可是……夏淳宇跑去買水跟練叔叔受傷有什麼關係？」我突然意識到這兩件事似乎沒有什麼直接關聯。

只見練智遠不太好意思的搔了搔後腦，「這個啊……其實真的沒什麼啦，就是我爸那天搬東西的時候不小心閃到腰……。」

「什麼？」前額瞬間冒出汨汨冷汗。

見到我激烈的反應練智遠趕忙擺了擺手，手上的塑膠提袋極速摩擦發出刺耳的聲音：「不是不是，妳千萬不要誤會，真的不是什麼很嚴重的腰傷，之前在店裡也偶爾會發生類似的事。稍微拉到而已，碰巧那時候副社長買水回來見到這一幕，又聽到俞書婷說妳去上廁所結果消失了很久都還沒有回來，他連氣都還來不及喘又匆匆跑走，因為副社長一句話也沒說，我們都以為他是去找妳了，沒想到回來的時候卻見他拿了幾個藥包，其中還有買給我爸的貼布跟藥膏。」

「其中？」

「嗯，他手上拿了兩個藥袋，其中一個給我爸了。」練智遠歪著下巴回憶道，「因為當天很忙，所以我也沒多問。只是有點意外，這麼混亂的場面副社長竟然還有注意到我爸的腰傷，撇除他平時有一點點難相處這點，說實話還蠻讓人感動的，所以從那一刻起我爸就很欣賞他。」

我赫然想起那天活動結束，丁宇萱匆匆拿給我的紙包，夏淳宇除了車輪餅外還放了幾瓶給我的外傷藥以及OK繃。

那時候沒多想，現在聽練智遠這樣一說才驚覺，如果不是跑去校外買的話，普通高中生身上絕對不可能隨時攜帶這麼齊全的醫藥用品，難道說夏淳宇那天先在校園裡找到摔下樓梯的我，之後才急忙到校門口的藥局買的藥？

只是……他是夏淳宇欸？一向冷酷無情的冷漠副社長真的會做這種事嗎？

這簡直比天降紅雨還要讓人難以相信。

前往夏淳宇家的公車上，我搖搖晃晃的拉著公車拉環，透明玻璃窗映出我們三人並肩站立的身影，原本只是靜靜望著窗外的我，眼角餘光卻不停掃視到身邊那張冷漠的面孔，終於，我再也忍不住，用力吸了一口氣，而後，毫無保留地望向玻璃窗上映出的夏淳宇冰冷的臉。

乾淨俐落的白淨臉龐上，兒時的稚氣早已尋不著痕跡，只剩一雙深不見底的眸子勉強還能認出，他就是那個，曾經與我並肩坐在美式漢堡店的毛頭小孩。

不敢問他是否認出我來，其實還有另一個原因……。

幾年前在美式漢堡店的比賽中，因為幾分之差輸給夏淳宇，我難過的在比賽結束後，默默躲在角落掉眼淚。

「喂！」我永遠記得那聲宏亮的叫喚，以及語氣裡滿溢的傲氣：「既然妳那麼想要第一名，那就給妳好了，反正我不需要。」

聞聲，我迅速地抹乾臉上的淚痕，怯懦的轉過身去，我始終記得那個男孩頭頂的自然捲以及臉上漠然的表情，我微微蹙眉，疑惑地望向他遞到我面前的獎牌。

「我說我不需要。」見我沒有反應，他又說了一次，語氣比先前更為冰冷。

我有些不知道該如何應對，因為男孩從頭到尾只是不斷重複自己「不需要」，除此之外什麼也沒說。

「拿去，妳不是很想要嗎？」他嘆了口氣將獎牌塞到我手中，「我不需要，都給妳。」說完，也不等我回應一個轉身便想走人。

「既然不需要，那你為什麼要來參加比賽。」我急了，一時沒想那麼多，竟直接拽住男孩的手腕。

或許是被我突如其來的觸碰嚇了一跳，男孩下意識大力甩開我的手，卻被我抓得更緊：「放開我。」他的眼神很銳利，說實話我當下有點害怕，但還是強迫自己抬頭挺胸，將眼睛睜到最大，然後直直望向他。

那陣子我剛從八點檔劇情中學到「輸人不輸陣」這樣的道理，雖然打不過人家，但氣勢不可以輸，何況依照現在的情況來看，莫名其妙的人分明是他。

「我輸給你了，所以我不能拿走這個獎牌還有獎品，這是你比賽贏了才得到的獎勵，你應該要很開心，不能隨便把它們送給別人，這樣不好。」我盡量不讓對方聽出自己語氣裡的顫抖，說話的時候還故意不斷揚著下巴虛張聲勢。

男孩聽完我略帶結巴的發言後，眼裡閃過一抹短暫的疑惑，只是很快的又恢復原先冰冷的模樣：「哼，我才不需要這些東西，如果妳真的這麼想要就給妳，反正我不需要。」

「我原本很難過，輸給你我很生氣，但是我現在一點也不難過也不生氣了，因為你一點也不重視這個比賽，就算你再厲害也不配成為第一名！我一點也不覺得你很厲害！」或許是被對方那副高高在上、不可一世的態度氣到了，我激動地將獎牌甩向他大吼道。

「我才不是因為獎牌跟獎品哭的呢！」

獎牌硬生生擊中男孩的胸口發出了悶悶的撞擊聲，隨著獎牌掉落，我的心臟也跟著極速脈動。

「希望你可以認真看待每一場大胃王比賽，這是我很喜歡的事情，所以每次參加都會很期待，即使輸了我也不是因為沒有拿到獎品難過，我不知道你是為什麼來參加比賽，但是既然你選擇參加了就應該對結果負責！對任何結果負責！獎牌還你，它已經是你的了，既然你不要，那你就自、己、想、辦、法、解、決。」

說完，我也沒等男孩回應，便頭也不回的轉身離開。

那天以後，每每回想起來我都會覺得當時自己一定是吃了什麼熊心豹子膽，才會對第一次見面的人發了這麼大一場瘋。

呵呵，這樣驚悚又荒唐的童年回憶，我還真希望夏淳宇一輩子都不要想起來。

雖然我到今天都還是無法理解，像夏淳宇這樣看起來對什麼事情都不在乎的人頻繁參加大胃王比賽，以及加入大胃王社的真正原因究竟是什麼？

第六章
為了守護誰的謊

「前面就是了。」

夏淳宇一個人在前頭走得飛快，平時基本上沒什麼在運動的我氣喘吁吁的好不容易才沒有落後太多，只是沒想到練智遠的體力比我還差──

「練智遠！你很重。」原本打算忍著算了，只是練智遠一路上死命拽著我的後背包，讓原本就吃力的緩坡道更加窒礙難行。

「呼……我真的快不行了……杜臻臻拜託妳借我……抓一下。」練智遠稍稍減輕了一點力道，跟在我身後上氣不接下氣的說。

「夏淳宇，到底還要多久啊？你從一下車開始就一直說快到了快到了，哪裡快到了？沒有啊。」我再也忍不住，扯著嗓子朝著眼前疾行的男子大聲喊道。

只是對方沒有回頭，甚至連一個狀聲詞都懶得回應，腳步輕快的繼續向前邁進，最後總算是趕在我跟練智遠徹底虛脫之前，停在一棟看起來相當壯觀且豪華的別墅門口。

「這裡……呼……是你家？」別說練智遠，見到眼前這一幕，我更是驚訝得說不出話來。

雕工精細的別緻鐵門後，是一片綠意盎然的寬敞庭園，庭園中央擺設了一個格外醒目的雕花大理石噴泉，這樣的場面，讓我想起很多年前媽媽參加公司尾牙的抽獎，抽到花蓮某間高級VILLA的住宿券時，我才有幸親眼目睹了一次如此歐風的建築風格，沒想到這個高高在上夏淳宇竟然一年三百六十五天都住在這樣富麗堂皇的地方，簡直就是童話故事裡的真人版王子。

「哇賽！你家好像城堡喔！」練智遠替我說出心裡話，只是他有些興奮過頭一下子停不下嘴，對著夏淳宇一陣霹靂啪啦。

「你家真的好浮誇喔！除了有點遠跟要走很久以外，其他真的無可挑剔，如果不是回家還要先爬一小段山路，我也想住在這種地方，不過你們家既然這麼有錢，怎麼不請個司機專門接送啊？這樣應該會比較方便吧？你不會每天都這樣通勤吧？下次社團開會可以改在你家嗎？相比之下我們家的店根本沒什麼好去的。」

「我家沒有請司機，每天通勤還好，習慣了，開會的話不方便。」一貫夏淳宇風格的冷回應。

練智遠倒是毫不在意，恣意在諾大的庭院裡走走逛逛，直到夏淳宇打開家門以後，才像隻看門的小狗急忙跑到主人腳邊蹭蹭。

「哇！」

雖然不在意料之外，只是當高貴優雅的水晶吊燈映入眼簾的時候，我們還是沒忍住驚叫出聲。

「我的天啊。」練智遠推了推眼鏡，張著嘴巴目不轉睛的尋視客廳。

「快走吧。等一下不會在這裡拍。」對於我們的驚呼連連，夏淳宇似乎沒有感到不自在，冷冷地低聲指揮道。

「你妹妹到家了嗎？」我好不容易才將視線自豪華的水晶吊燈上移開，左顧右盼了一陣後問道。

「嗯，她已經先過去隔壁客廳架攝影機等我們了。」

什麼？竟然還有兩個客廳！我暗自在心裡驚呼。

還好練智遠忙著觀賞長廊兩側的藝術擺設沒有聽到，不然他一定又會巴著夏淳宇一陣死纏爛打的追問，雖然夏淳宇對於這些總是選擇冷回應，但是持續被練智遠大驚小怪的連珠砲攻擊，久了也是件相當累人的事。

看著夏淳宇的背影，我突然有點好奇他會是個怎麼樣的哥哥，如果跟妹妹感情不好的話，應該不太可能厚臉皮的要求對方抽出時間來協助自己，更何況是夏淳宇這種不擅長溝通又拉不下臉來的人。

莫非這個男人有兩副面孔，對待外人與自己的妹妹是完全不一樣的態度以外，就是他的妹妹是個相當善解人意的天使，對於哥哥古怪的脾氣毫無怨言的全盤接受。除了上述這兩種設定，我實在想不出其他可能性。

不過，在見到夏淳宇妹妹的那一刻，所有疑慮一下全都有了解答。

然而在場除了我以外，夏淳宇以及客廳中央彎腰旋緊雲台的甜美少女，似乎對於我的驚訝一點也不感到意外。

「什麼！等一下？原來你們兩個是兄妹嗎？」我張大嘴巴來回掃視著眼前的男女，腦中浮現出那年於百貨公司地下街的場景。

畢竟兄妹兩人的個性差距太大，儘管都是高顏值沒錯，但還是很難將兩人聯想到一起。

「嘿嘿，是我讓我哥先跟妳保密的。」只見少女臉上漾起一抹好看的微笑，這一笑估計連天上的星星都會有一票人願意排隊替她摘下。

「不過妳真的不能怪我，我哥平時什麼都不說，上個禮拜卻突然跑來跟我說學校社團有拍攝需求希望我可以幫忙，在那之前我一直不知道原來他有加入學校社團，最後還是在我的嚴刑逼供下才招認自己參加學校新創的大胃王社，我一聽到大胃王社馬上就聯想到妳了，想說既然現在知道了，那不如就給妳留個驚喜，嘿嘿。」

「社長跟副社長的妹妹認識嗎？」練智遠推了推眼鏡，一個箭步突地踏向前。

唉，就說了在夏夢柔這樣的史詩級女神人物面前，沒有一個男人得以倖免，儘管練智遠極力表現出很鎮定的樣子，耳根染上的潮紅還是無情地出賣了他。

面對這樣莫名其妙的生硬搭話夏夢柔倒是見怪不怪，一邊操弄著手上的相機一邊笑著應道：「我們認識很久了，對吧臻臻？」

「嗯，好像……是這樣沒錯。」我有點心虛的回應道。

夏夢柔聽到我的回答後並沒有抬頭，嘴角彎起的弧度卻讓我有些受寵若驚，不過是見過兩次面的關係，即使交換了聯絡方式，我們也只有在一開始的時候小聊了幾天，夏夢柔感覺卻是打從心底把我當作認識很久的朋友，這一點著實讓我感到意外。

「機器架好了，等一下要入鏡的人先幫我坐到那兩個位子，我稍微對一下光線。」夏夢柔甜美的聲音將我拉回現實。

現在才發現，夏夢柔的攝影設備很齊全，相機腳架兩側還架設了燈光及反光板，看起來真的跟專業拍攝片場沒什麼兩樣。

「妳平時喜歡攝影嗎？」我緩緩移動到夏夢柔身旁，看著她專業的調整單眼相機的鏡頭焦距。

「算是吧！」她淺笑：「你們先過去那個定點我看一下，數值的部分應該不會差很多，就怕你們兩個都太白我調好之後反而會過度曝光，先進去坐好，我最後再調整一下。」

夏夢柔話都還沒說完，夏淳宇就像個聽話的小學生，自動自發的移動到夏夢柔指定的位置。

「妹控。」我忍不住在心裡發笑。

「那個，車輪餅先幫我擺到餐桌上那個大盤子裡好嗎？等一下開始錄影前要先拍一張放在縮圖的封面照。」夏夢柔轉頭，對著始終提著車輪餅提袋，站在一旁發呆的練智遠柔聲說道。

「好的好的，當然沒問題。」

練智遠迅速開始動作。

唉，只能說身旁的兩個男人，一個是隱藏版妹控，一個是見美女眼開的血氣方剛少年，我夾在中間瞬間變成透明人，身為一個盡責的透明人，我安分守己的將事先寫好的腳本拿出來預習。

今天的拍攝主題是我跟夏淳宇要在三十分鐘內比賽，吃下更多車輪餅的一方獲勝，這樣的主題我們稍微瀏覽過其他人拍攝的版本，為了不想與其他頻道的影片重複，在規劃腳本的時候，我們幾個社團元老聚在一起絞盡腦汁，試圖把節目腳本設計得有趣一些。

這次多虧食材是由敲勾練車輪餅贊助，在拍攝前我們便先和練叔叔溝通好，麻煩他特別在五十個車輪餅中幫我們製作三個芥末口味的車輪餅，比賽時吃到芥末口味車輪餅的一方要抽懲罰籤，懲罰完畢才可以繼續比賽，並且訂下輸的一方要在下一支影片角色扮演的終極懲罰，林萱事先做好了懲罰紙，我之前偷偷把籤紙一張張攤開來看。

總之，紙條上寫的沒一個好東西。不是鬼娃恰吉就是安納貝爾，說什麼反正萬聖節快到了犧牲一下也無妨，我看根本就是公報私仇兼想要看好戲罷了。

「拍攝的腳本很有趣欸！是我看到會很有興趣的影片類型，企劃是誰想的啊？」不需要入鏡的夏夢柔和我完全相反，對於懲罰環節的設定讚許有加。

「真的嗎！」雖然很擔心最後輸給夏淳宇淪為懲罰人選，但是聽到夏夢柔覺得有趣，我還是感到很開心，有種努力後得到肯定的感覺，「我們社團開會的時候討論了超久才想出來的，能讓妳覺得有趣真是太好了。」

「我覺得超有趣，只是……」夏夢柔笑著說到一半，突然將視線轉向始終安靜坐在我身旁的夏淳宇，「我現在最擔心的是我哥的偶像包袱，這麼好的企劃被他給破壞就太可惜了。」

「嗯嗯，確實很值得擔心。」無視僵直了身坐在一旁的冰山，我點頭如搗蒜的附和。

偏偏社團內可以實施大胃王企劃的只有我、俞書婷跟夏淳宇。

這樣的組合中撇除我以外都是放不太開的人設，加上俞書婷本來就不太贊成以經營頻道的方式經營社團，更是極力拒絕出鏡演出。

雖然林萱說她跟練智遠可以偶爾出場當當炮灰，但是主要還是得靠我們幾個撐場，所以……。

想到這裡，我下意識瞥了一眼身旁的妹控，只見他雙頰微紅有些僵硬的扯了扯嘴角，似乎也發現了我的注目，冷冷的丟了一句：「別聽她亂說，我……我才沒有偶像包袱。」

好喔，這麼沒有說服力的發言，估計說出來連他自己都不相信，我突然很想嚇嚇他，畢竟平時要想看到這樣戰戰兢兢的夏淳宇可不是件容易的事。

「你要不要在拍攝前先喝點水，等一下吃到芥末的懲罰好像有唱歌喔，唱歌的話你可以嗎？」

呵呵，其實我根本不知道懲罰有什麼，現在自己也緊張的要死。

「我不要唱歌。」

「咦是嗎？那萬一你等一下就是抽到了怎麼辦？總不能耍賴吧。」

「那就換一張籤。」

「你想做假？」

「不是。可以剪輯。」

「蛤？那就是做假啊，不行啦，大胃王拍攝不能剪輯，那是欺騙觀眾，是可恥的行為，NONO。」

「吃的部分不會剪輯。」

看來這傢伙是真的很不想唱歌，我在心裡暗自打起如意算盤，等一下說什麼都要讓他唱，至於唱什麼呢？

就唱《來自星星的你》的主題曲好了。

「you are my destiny——」我故意在夏淳宇耳邊低聲唱起歌來。

沒想到才唱一句就見他耳根泛紅，「妳別……別鬧。」

看來是妹妹在場，不能像平時在學校那樣對我施展白眼攻擊，夏淳宇只是微微別過頭去，還順勢往旁邊移了好一大段距離，避難似的。

「哥！你出鏡了啦！要開始拍了，拜託你不要一直亂動好嗎？」夏夢柔嘟著嘴有些不滿的朝夏淳宇喊道。

「喔！抱歉。」

聞言，平時高高在上的冰山美男怯弱的抓了抓耳朵，將屁股又一次挪回原位，這回澈底坐實妹控寶座。

「哥，你把你前面那張白紙舉在胸前我要對白，結束以後再稍微測試一下收音就可以開始拍攝了。」

夏夢柔認真的盯著相機螢幕，一圈朦朧的光暈將微微垂落耳際的髮絲輕輕包覆著，像極塞納湖畔一身素白裝扮撩撥豎琴的女神。

在一旁協助補光的練智遠，也經不住頻頻將視線落在那張精緻迷人的臉龐，只能說夏夢柔的美的確超出普通高中女生許多，若說是藝人也不為過。

待一切準備就緒，夏夢柔緩緩拾起放在桌上的腳本。

「照著順序來，我們先錄開場，看你們要不要先走一遍，反正開場無妨，多錄幾個版本也沒關係，我有準備場記表，之後再選擇比較ok的版本剪輯就好。」夏夢柔十足的導演氣場，確實削弱不少緊張氛圍。

「不要緊張，準備好我們就開始。」

「咳咳，我可以了，已經準備好了。」我朝著攝影機比了一個ok的手勢。

「好，不要緊張，我們先試一次，來開場準備，三二一action。」

在夏夢柔的口令結束後，我們便正式進入拍攝狀態。

「大家好，我們是美食氣炸鍋，我是大胃女生杜臻臻。」

「我是Kris。」

Kris？這冰山一樣的傢伙竟然自動自發的用起藝名來了，聞言，我差點沒當場爆笑出聲，多虧夏淳宇這臨門一腳，外加他比我想像中還放得開，我們的開場進行的很順利。

三十分鐘比賽吃車輪餅，對我和夏淳宇而言非常容易，這個模式也是大胃王比賽中最常出現的一種賽制，所以我們在大同小異的賽制中加入了其他橋段。

今天除了比速度之外，還有一個主要任務就是——極力避開吃到擠滿芥末醬的車輪餅。

自練智遠將滿滿一盤車輪餅端到桌上的那刻起，我便挺直背脊開啟了火眼睛睛模式，說實話純憑著速度我沒有把握能贏夏淳宇，但是如果三個芥末車輪餅都讓他吃到，那我絕對能在時間上爭取不少優勢。

才剛有這個想法，一股直衝腦門的強烈後勁便向我襲捲而來，雙眼一閉本以為忍過就算了，沒想到還是敗給了練叔叔做生意絲毫不偷工減料的職業道德，原本就發達的淚腺，經過這樣一刺激瞬間潰堤。

視野朦朧間，餘光貌似瞥見身旁那座萬年冰山臉上，浮出一抹淺淺的笑意——那是勝利外加看好戲的笑容。

「啊！辣……水……給我水……。」也顧不得錄製還在繼續，我淚眼汪汪的朝著鏡頭外的練智遠求救。

好在練智遠不是什麼見死不救之人，只是在端上一杯透心涼冰水的同時，連帶將懲罰籤筒一併放上桌面。

生無可戀。

哀怨地瞥了一眼身旁稍微放慢速度的夏淳宇。

「祝你下一個就是芥末口味。」

我咬牙切齒地落下這一句話。

沒想到，對方一挑眉，咬下車輪餅的手竟僵硬的停在半空中。

哇賽，有沒有這麼巧。

「哈哈哈，活該。」忘了自己也要被懲罰的事實，我毫無掩飾的大聲嘲笑眼前臉色鐵青的男子。

夏淳宇手上被咬了一口的麵皮內，露出一抹原先很討厭，現在看著卻有點可愛的抹茶綠，我使壞將擺在他面前的水杯移開。

只見他板著一張臉，遲疑了幾秒鐘，最終還是選擇面無表情地將口中的車輪餅嚥下。

「抽吧！」我歡天喜地的將眼前的籤筒推向他，用一種「要死我們一起死」的眼神眨巴眨巴的望著他。

夏淳宇心不甘情不願的伸出漂亮纖長的手，抽出籤紙時還不忘憤憤朝我丟了一句：「妳也要抽。」

「哎呦我知道啦！你不要這麼不情願嘛！」

遊戲規則實在是太有趣了，也顧不得計時還在繼續，我故弄玄虛的抽出一張籤紙，在鏡頭前晃來晃去。

「別鬧，快點打開！」夏淳宇朝我翻了個白眼，沒好氣的說。

「好啦好啦！不要那麼急嘛。」在夏淳宇的百般催促下，我乾脆地攤開籤紙。

「哈哈哈，我的超簡單！哎呦，這個到底是誰想的啦！」看到字條上的文字，我忍不住倒在地上笑到岔氣。

「什麼東西？」夏淳宇好奇的撿起被我丟在桌上的紙條，看到籤紙上的內容臉色瞬間轉青。

「是什麼？」鏡頭外，夏夢柔耐不住好奇探頭低聲詢問。

「拔對方……三根頭髮。」我忍著笑，一講出懲罰內容，連帶夏夢柔也跟著爆出笑聲。

「……這不是妳的懲罰嗎？」夏淳宇看起來非常不開心，只是見他這樣我又覺得更好笑，整個人失控的趴在桌上笑到眼淚直流。

「好啦！乾脆一點，為了你的髮量著想，一根！一根就好，對你很好了吧。」

「我有自然捲。」

夏淳宇突如其來的自白，讓我稍稍安分的嘴角再度失守。

「所以呢？有比較珍貴嗎？」

「很容易拔到兩根以上，因為他們都纏在一起。」

雖然夏淳宇表情認真看起來沒有在跟我開玩笑，但我還是沒有忍住不斷襲來的笑意。

稍微冷靜下來以後，我望向賭氣坐在一旁的冰山，「那你先說說你的懲罰內容是什麼？」

醜媳婦終究是要見公婆，該面對的還是要面對，只見夏淳宇心不甘情不願的打開自己的紙條，鐵青的臉色一下又變得更難看了。

「我不想拍了。」

拾起他拍在桌上的紙條，我替他大聲將內容朗讀出來：「對著鏡頭用男友／女友視角，以非常性感的聲音說：baby，起床囉！」

哇賽！林萱，算妳狠。我暗自在心裡盤算，下次絕對不能再讓思考懲罰環節的重責大任，落到林萱這個綜藝節目成癮的女人手上，結局實在太過驚悚。

為了儘速回歸比賽，我迅速的拔下夏淳宇頭頂上一根略顯不合群的呆毛。

反觀夏淳宇自從失去一根寶貝頭髮後，整個人就像丟了魂似的，呆坐原地看起來很煎熬的樣子。

「好啦，我們不會笑你，你就自——在——的講完就快點繼續比賽呦，不然我把這些全部吃完，你下一次錄影就要抽懲罰裝扮了喔。」我沒想到夏淳宇會拖這麼長時間，只好半勸說半威脅的對他說。

「妳剛剛明明就笑得最大聲。」

夏淳宇語氣裡滿溢著委屈，好像我們大家都在欺負他一樣。

「真的啦！不會笑你的，我發誓。」雖然這句話是在我爆笑完之後說的，但我還是盡量表現出一副十足真誠的模樣。

我看如果我之後不當YouTuber，幼稚園老師或許還挺適合我的，在我的連哄帶騙、好言相勸下，夏淳宇小朋友雖然心不甘情不願，但還是艱難地完成了任務，儘管他的語氣比起叫女朋友起床更像是在討債。

只是夏淳宇今天怕是遇上水逆，在接下來的比賽中，僅剩的一個芥末口味，又讓他給選中了。

「我可以直接認輸嗎？」夏淳宇想要賴。

我毫不留情的遞出籤筒，用行動表示拒絕。

而且他抽到的懲罰是——他最討厭的唱歌。

選唱的曲目還是前陣子在網路上很流行的「學貓叫」。

加上被我拔了一根頭髮，今天等於三個懲罰通通落到他身上。

「我們……一起學貓叫，一起喵……喵喵喵喵。」

「齁，你認真一點唱啦。」果然是親妹，夏夢柔絲毫不給夏淳宇台階。

「……我們一起學貓叫，一起喵喵喵喵喵。這樣可以了嗎？」

「到時候害我們沒點擊率我絕對不饒你。」

夏夢柔在場外掄起拳頭，作勢往夏淳宇臉上灌了幾拳。

最終，夏先生理所當然的輸給了我，畢竟他幾乎把吃東西的時間全都耗在懲罰上了。

「今天拍攝很開心，真的很感謝你們願意找我一起參與。」拍攝結束後夏夢柔一面將相機裡的檔案上傳到電腦中，一面彎起一雙美麗的眼睛說道。

「怎麼這樣說，我們才要感謝妳吧！如果沒有妳的話我們根本不可能自己完成拍攝。」我趕忙朝著夏夢柔擺了擺手，「不過，妳怎麼會這麼了解攝影方面的事啊？配備感覺也很齊全，甚至還會剪輯影片。」

聞言，夏夢柔露出一個害羞的微笑，停下手邊工作仰起頭來望向我：「偷偷告訴妳喔。」她頓了頓，「其實我很羨慕妳。」

「羨慕我！為什麼？」因為太過錯愕我差點被自己的口水嗆到，夏夢柔羨慕我？為什麼？論才華、論身材、論顏值、論身家背景我沒有一項比得過，這樣一個普通的胖子哪一點讓人羨慕？

面對我的驚訝反應夏夢柔只是微微笑了一下，游標點進記憶卡中一個寫著「memory」的資料夾，「這是我開始接觸攝影的原因。」

看著游標滑過一張又一張照片，我忍不住瞪大眼睛。

方偉皓舉起籃球在三分線上揮灑汗水的模樣、方偉皓搶下籃板奮力跳投的模樣、方偉皓坐在板凳區雙眼緊盯球場的模樣、方偉皓賽後親切和粉絲互動的模樣，雖然知道夏夢柔對方偉皓有好感，但是我從沒想過已經到了這種地步。

「妳真的這麼喜歡方偉皓？」像夏夢柔這樣的女孩，身邊應該總是圍繞著許多追求者才對，記憶卡裡的照片卻從方偉皓國中加入籃球校隊開始一路到高中，這麼多年來方偉皓參加過大大小小的比賽，夏夢柔幾乎場場都到。

「他是我見過除了我哥以外最有肩膀的人。」夏夢柔露出一個甜美的微笑，輕輕合上電腦。

聽到「有肩膀」這三個字我差點沒笑出來，「他們兩個的肩膀是都很寬沒錯啦。」

「哎呦，我不是那個意思啦！應該是說嗯……方偉皓全身散發出一種很可靠的魅力，給人一種……安全感嗎？」夏夢柔偏著頭很努力的向我解釋。

「喔……原來如此。」我機械式的點了點頭，還是覺得很抽象，也不知道那個呆頭呆腦的刺蝟頭，到底是從什麼時候開始給人家留下這種印象的。

「從我們在百貨公司地下街見到的那一次，我好像就開始喜歡他了。」

「這麼久以前？」

哇塞，這個方選手還真是害人不淺啊，人家夏夢柔從國小開始暗戀他，他卻連人家的名字、長什麼樣子都記不起來，能夠得到夏夢柔這種史詩級女神的青睞，全世界怕是只有方偉皓這樣無欲無求，心裡只裝得下籃球的傢伙才能過得如此心平靜氣，要是其他人的話早就歡天喜地的享受青春年華了，想想都替夏夢柔感到不值，竟然心甘情願將自己的青春浪費在這個籃球傻瓜身上。

「臻臻我有一件好奇的事想要問妳。」夏夢柔臉帶潮紅有些難為情地低下頭來。

「妳知道方偉皓喜歡什麼樣的女生嗎？」

不妙。

看著眼前少女眨著一雙明亮清澈的雙眸，我總不能將方偉皓這輩子，恐怕只會跟籃球談戀愛這樣的事實供出來，惹得少女心碎滿地吧！

眼下實在想不出一個明確的答覆，我忍不住在心底責怪起方偉皓來，還好夏夢柔並沒有過於糾結在這個，連我這名多年死黨都難以回答的問題上。

「唉，我連該怎麼跟他變熟都不知道。」

該怎麼跟方偉皓變熟啊？想想方偉皓除了我和球隊隊員外，似乎真的沒見過他跟其他朋友來往。也就是說，除了球隊隊友以外，我是他在現實生活中唯一的朋友。

「要不然下次我們一起去看他打球吧。」

方偉皓，等到事成之後我一定要拗你請我吃一餐大的。

我忍不住在心裡構思偉大藍圖，如果我不推這個呆頭呆腦毫無情趣的傢伙一把，我看就算月老好意替他牽了一百條紅線，也都會通通被他毀個精光。

拍攝結束後，夏夢柔提議大家收拾一下，一起去附近新開的麵館吃飯，練智遠接到練媽媽打來催他回家吃飯的電話，只好心不甘情不願地婉拒了女神的邀約。

而杜媽媽很早就表示，既然我今天學校社團有活動，那麼晚餐就自己想辦法解決，她打算下班後跟阿姨去瑜伽教室上課，所以既然夏夢柔主動提議要大家一起吃晚餐了，我當然沒有什麼理由好拒絕。

雖然我是有預料到夏淳宇會一起跟來啦，只不過……。

「ㄜ……那個，他每次都這樣嗎？」

「嗯嗯，妳不用管他，我哥就是這麼彆扭，連我偶爾都會覺得他很難相處。」

嗯？只有偶爾而已嗎？我在心裡打了一個超級巨大的問號。

夏夢柔見怪不怪的冷眼瞥了一眼走在我們身後約莫五十公尺距離的男子，眨了眨眼示意我不用理會他。

總之，以上都不是重點，反正當我們三個人相繼走進店裡沒多久，就看見一臉剛練完球的吳書豪和張志銘。

「咦？杜臻臻？」熟悉的聲音在我狼吞虎嚥的嚥下一口熱騰騰的餛飩麵時響起，「妳怎麼會在這裡？」只見吳書豪睜著一雙原本就不是很大的眼睛，拉著張志銘朝我們的方向走來。

「方偉皓呢？」

沒頭沒腦的就到我這裡找方偉皓，吳書豪突如其來的疑問搞得我又好氣又好笑。

「喂，我們不是一年三百六十五天都黏在一起好嗎。幹嘛一見面就找我要人，再說這個時間他應該跟你們一起才對吧！問我幹嘛？」我沒好氣的撈起一顆晶瑩剔透的鮮蝦大餛飩，擺了擺手示意吳書豪不要打擾我美好的晚餐時光。

「蛤？今天沒有隊練啊，可是因為快要打資格賽了，所以我跟張志銘在球場自主訓練後過來的，我們有問隊長要不要一起練投，可是他說今天放學跟妳有約不能跟我們一起練球，也不能跟我們一起吃飯。」吳書豪一臉不知所措的來回望向我，和站在一旁頻頻點頭的張志銘。

「跟我有約？沒有啊，我今天社團有活動欸，放學之後就沒見過方偉皓了。」我覺得奇怪忍不住拿出手機撥通方偉皓的電話，仔細想想他最近確實有些反常。

「喂，」電話接通了，在四雙眼睛注視下我莫名感到心跳加速。

「你在哪？」

「在回家的路上，怎麼了？妳拍攝結束了嗎？」

「嗯，結束了。在吃晚餐，那個，你吃飯了嗎？」

中途我好幾次無視吳書豪浮誇的嘴型機械式地不斷重複著「問他去哪了？」

「啊，對齁方偉皓，我忘記我答應你拍攝結束後一起吃飯的！對不起對不起，今天第一次拍攝我太緊張竟然把你給忘了。」

「忘了？妳在說什麼？妳今天不是……。」

「對不起啦，我真的忘得一乾二淨，還害你被誤會，為了表達我的歉意回去請你喝飲料。」

「妳到底在說什麼啊?杜臻臻,妳現在在哪裡?要我去找妳嗎?喂?」

「好啦好啦我知道。蜂蜜烏龍奶茶加珍珠微糖微冰,OK那就先這樣,掰掰。」

「喂,喂?杜臻……」趕在方偉皓的聲音傳出話筒之前,我急忙把電話掐掉。

「對不起,好像真的是我忘記了,我本來答應方偉皓結束之後要一起吃晚餐的,結果不小心就放他鴿子了。」

「原來是這樣啊,妳早說嘛,害我們以為隊長跑去做了什麼見不得人的事。」吳書豪一臉不滿地說道。

「對不起啦!結果是我搞了一個大烏龍害你們誤會了……。」

「真是的。」

看著吳書豪和張志銘轉身背對我們入座,我才總算鬆了口氣。

我說謊了。

從聽到方偉皓聲音的那一刻起,我就下意識的想替他隱瞞些什麼,不知道為什麼我總覺得如果我直接在電話裡戳破我們今天根本沒有相約見面的事實,方偉皓的處境會變得很難堪,雖然我根本不知道為什麼他要騙吳書豪說自己今天跟我有約。

「偉皓今天本來要跟妳一起吃晚餐的嗎?」

在我掛上電話沒多久,夏夢柔便眨著一雙水汪汪的大眼睛望向我,語氣裡難掩滿滿的失落。

「嗯,原本是這麼說的。」我露出一個心虛的微笑。

「好可惜喔,改天拍攝讓他一起來嘛,大家一起一定會很好玩。」

「不需要吧。籃球校隊的隊長來了要做什麼？」夏淳宇這句話不知道是在對我還是對夏夢柔說，因為他說話的時候眼睛連抬也沒抬一下。

籃球隊的隊長確實沒有來大胃王社幫忙的必要，只是我一時間也想不出更好的說詞了啊。

接下來的時間我一直心不在焉的，滿腦子都在思考方偉皓說謊的原因，就連夏夢柔好幾次跟我討論影片剪輯的後續，我也始終靜不下心來。

「我們再約個時間一起討論後製跟特效的事情吧。」最後夏夢柔乾脆直接打開手機行事曆，和我敲定下一次的開會時間。

望著手機螢幕跳出一長串方偉皓傳來的訊息還有未接來電，為了不在大家面前露餡我選擇暫且無視一切。

老實說，我非常害怕方偉皓的謊話。

如果他是能好好隱瞞一切的說謊高手，或許我還能心甘情願的選擇一頭栽進他的謊言，偏偏方偉皓的說謊功力極差，差到話一出口就會被識破的那種程度……。

「杜臻臻，我決定要保送第三高中。」

「為什麼？不是說好去成安高中嗎？成安高中的籃球校隊是聯賽的常勝軍欸，而且成安高中的教練這麼想要你過去，你為什麼還要跟著我去第三高中，第三高中有時候連複賽都打不進，這樣不好吧。」

「成安高中太遠了啦，第三高中離家比較近，這樣比較不浪費時間。」

這是方偉皓對我說的第二個謊話。

第一個謊話是國小時方偉皓和班上幾個男同學打群架，結果被主任拖到訓導處罰站，安以翔原本就是讓老師們頭痛不已的搗蛋鬼，訓導主任表示只要方偉皓願意說出打架的原因就不用把方爸爸、方媽媽請到學校。

可是據說整整三堂課的時間，不論訓導主任如和循循善誘、好言相勸，方偉皓始終雙唇緊閉，一個字也不願意多說。

最終，雙方家長到校處理，要不是訓導主任擋在家長面前，方偉皓甚至差點挨了安爸爸一巴掌。

「我只是跟他開了一個小玩笑，他就衝上來打我。」安以翔在父母面前完全變成另外一個人。

「大家玩得好好的，為什麼要動手打人？快跟我兒子道歉。」安爸爸對著方偉皓怒吼道。

「你說什麼啊！我兒子也被你兒子打受傷了，為什麼只有我們要道歉？」方偉皓身高一百九十二公分的老爸生氣起來，估計連黑道看了也會害怕吧。

「就……就說是朋友之間……開個玩笑而已嘛！你……你怎麼教小孩的啊？」

「那個……安先生、方先生你們兩位都先冷靜一點，那個，是說，偉皓平時是很乖的孩子，事發必有因，開玩笑也要有個分寸，不能用一句玩笑話就把所有事情都帶過。」訓導主任話說到一半，遞給方爸爸一個求助的眼神：「那個……偉皓不管怎麼樣都不肯告訴我打架的理由，我這裡也很難處理。」

那天直到最後，方偉皓依然一個字也沒有說，抬頭挺胸直挺挺的站著，怒視眼前的安以翔。

「方偉皓，你為什麼要打架？」雖然聽到安以翔那個討厭鬼被方偉皓打得滿頭包的消息之後，愉悅的情緒遠比好奇來得強烈，但在方媽媽以一頓牛排午餐的誘惑下，我還是主動打開了這個話題。

「沒什麼。」方偉皓坐在社區公園的椅子上，雙眼直視著面前的籃球筐。

「我知道一定是那個討厭鬼又做了很壞很壞的事情，你放心，他是我在這個世界上最討厭的人，我比你還要更討厭他，所以你可以告訴我到底發生什麼事了嗎？你們到底為什麼打架？」

「……」方偉皓停頓了一下，緩緩將目光從籃球場上移開，低頭望向自己的腳尖，「他……他想搶走我練球的場地……」最後，臉頰上貼了米菲兔OK繃得男孩抓了抓鼻子低聲說道。

「喔，原來是這樣子，那你怎麼沒有告訴主任？這件事很明顯就是他有錯在先啊，雖然你動手打他也有一點點點點小小的錯啦。」其實我很意外方偉皓會因為這個理由打人，但一想到安以翔平時的嘴臉，又覺得似乎也不是沒有這種可能性。

只是，那時候我還看不出來方偉皓是在對我說謊……。

而告訴我真相的，卻是那個我一輩子都不想再見到的人。

慢慢長大以後我才漸漸明白過去我所遭遇到的那些，原來就叫做——霸凌。

「死肥婆，我警告妳，妳以後不准再經過我們班門口。」安以翔的頭上還貼著紗布，語氣裡少了平時的跋扈。

我假裝沒聽到他講得話，邁開步伐想要盡快離開他的視線。

沒想到對方卻在背後叫住了我，「喂，肥婆，不准告訴那個瘦皮猴我之前跟妳開得那些小……

小玩笑，在妳書包裡裝沙子跟在妳桌上寫字什麼的，那些都是玩笑，我真的只是在開玩笑，結果你們全都是一堆開不起玩笑的白痴，媽的廢物，我只不過是在球場外問他是不是特別喜歡母豬，才會每天跟妳混在一起，大家明明都覺得很好笑，氣氛很好，結果只有那個神經病突然衝過來打人，一點幽默感也沒有……。」

於是我才知道，那天，方偉皓對我說謊了……。

他是因為我的關係才打了安以翔，而他害怕一但說出真話便會傷害到我，才會在訓導主任還有方爸爸面前選擇沉默。

方偉皓的謊話是為了保護我……。

「欸臻臻，妳知道安以翔要保送成安高中嗎？那個瘋子。」翁姿伶的聲音從電話那頭流洩而出，「據說他老爸為了他，明年要調到成安高中當籃球校隊的負責人，以他的球技我看根本就是走後門的，對了！方偉皓呢？他也去成安高中嗎？方爸應該不管怎樣都會讓他進籃球隊最強的學校吧？」

於是……我又不小心知道了方偉皓的第二個謊話，關於他沒有選擇成安高中而是第三高中的祕密，還有他始終不願開口告訴我的原因……。

或許方偉皓並不如外表看上去的那樣傻，只是每當他開口說謊，傷得最深的人永遠都是他自己，因為他的謊永遠都是建立在不想傷害到別人的前提下。

第七章 夏淳宇的小祕密

自從大胃王社開始經營頻道後，日子感覺過得飛快，截至目前為止頻道的訂閱人數已然突破六百人，撇除社內成員跟親友團不談算是超乎預期的成績。

要說帶給我最大的影響除了期中考完全沒有時間準備爛出新高度外，應該就是跟夏家兄妹的見面頻率成倍速增長，偏偏這對兄妹擁有著天差地遠的性格，一個讓人愛的心甘情願、一個則是讓人恨不得一口氣甩他十來個巴掌。

「ㄜ，妳到底為什麼要到這種詭異的地方練習？這是鬼片拍攝現場吧。」

按耐住揪緊身後男子一頭捲髮的衝動，我用力吸了口氣，朝著他掛上一個虛偽卻不失甜美的微笑：「社辦鑰匙在子璇老師那裡，既然打不開社辦的門，你將就一下不行嗎？」

哼，這裡可是我跟方偉皓的祕密基地，要不是社辦大門鎖住進不去我還不想帶你來哩。迅速翻了個白眼，我轉身將滿滿一袋熱騰騰的肉包放到方偉皓替我張羅的那張木製課桌上。

俞書婷自從看到頻道訂閱人數呈現穩步上升後，終於放下原先的成見肩負起頻道企劃負責人兼數據分析師的角色，這也解釋了為什麼都到了放學時間我還必須要跟這位惹人嫌的夏先生待在一起。

「校內社團徵選就快要開始了，大家對於表演有什麼想法嗎？如果沒有的話我這裡倒是有個不錯的提議。」俞書婷甩了甩垂在身後的馬尾，這招「先發制人」發問術提供給大家參考，首先，提出一個問句，然後趕在其他人回答之前搶先一步說出自己的答案，用提問掩蓋強勢。

若想成功提案做到這一步基本上就成功了百分之八十。

「嗯，妳說吧。」得到這樣的回應後，至少就可以確定提案有百分之九十的機會會被採納。

剩下的十趴就要看其他組員了，如果都是像我們這樣沒什麼想法又好說話的，基本上應該沒什麼太大的意外，因為除了你提出來的點子以外，我們也想不出更好的辦法來。

「校內徵選前兩天頻道剛好要發布第十支影片，在資訊欄跟IG粉專上，預告當天我們會透過粉絲專頁、直播ＡＰＰ，以及頻道同步進行直播你們覺得怎麼樣？」

「直播？是直播我們社團在校內徵選的表演嗎？」練智遠倒抽了一口氣，向我拋了一個眼神。

我一聳肩，點點頭示意俞書婷接著說下去。

「目前根據後台的數據分析來看，必須說我們頻道的關注者性別比有點失衡，不過其實這本來不是什麼大問題，主要是為求有趣我們每一支影片除了大胃王之外，還加了各種各樣的元素，臻臻大胃女生的形象卻被削弱了，這樣反而無法觸及一些，原本就喜歡專注看大胃王吃東西的觀眾。」說著，俞書婷將筆記型電腦的螢幕轉向我的方向：「藉著這個機會，我們試試看直播吧，我最近關注了很多直播平台，有幾個直播ＡＰＰ我覺得可以考慮一下，如果在直播平台的反應良好，還可以間接當作一種頻道宣傳。」

「那麼直播的內容是什麼呢？畢竟要現場演出就已經有一定程度的局限性了，如果再加上一個直播我怕我們很難準備表演項目。」林萱雙手托腮，手指在桌面來回敲打著。

「其實不用想得這麼困難，我們的目的是要觸及喜歡看大胃王吃東西的觀眾群，這樣就更不需要把表演複雜化了，既然是大胃王社，那麼就做大胃王最擅長的事情，表演吃東西即可。」

「妳是說，在限時幾分鐘內吃完多少東西這樣嗎？」

「沒錯，食物的話就選合作社的大肉包你們覺得怎麼樣？」

看到這裡大家應該多少都明白到底是怎麼一回事了吧。身為社長兼頻道主持人，我理所當然的成為了大胃王社代表出征的選手。

於是身為副社長外加「頻道顏值擔當兼少女心收割機」的夏淳宇則心不甘情不願的成為監督我的人，他的任務就是：在徵選前必須親眼見證本人在下我在十分鐘內吞下十二個大肉包。

為什麼是十二個呢？

因為合作社最近碰巧在舉辦肉包買五送一的活動。買十送二，我們的企劃組長俞書婷連這種事都想好了，事情就是這麼簡單。

「妳準備好我就要開始計時了。」夏淳宇面無表情的把書包從肩膀上卸下，擺到桌上前還不忘露出一臉厭惡的表情，伸手拍了拍桌面上的灰塵。

「嗯。」懶得理會他眉眼間的嫌棄，我扭了扭身子將裝著肉包的塑膠袋解開。

「等一下！」夏淳宇趕在我拿出包子之前喊了暫停。

「又怎樣了啦？」我沒好氣的抬眼望向他。

只見，眼前的高挑男子手上拿著不知道從哪裡弄來的濕紙巾，搶過我手上的肉包提袋，用力的將整張桌子全部抹過一遍，然後順便塞了一張進我手裡：「吃東西的桌上都是灰塵，妳都不覺得髒嗎？」

我癟著嘴，裝模作樣地揉了揉那張散發濃濃玫瑰花香氣的濕紙巾，「擦好了擦好了，這樣可以了嗎？這裡我跟方偉皓有定期清理啦，真的沒有這麼髒好嗎。」

雖然我們確實是有一段時間沒來了……。

本校校男籃不負眾望打進了高中籃球聯賽男子組複賽，方偉皓光練球的時間都不夠用了，哪裡還有時間跟我來「基地」鬼混。

今天把夏淳宇帶到「基地」之前我在心裡掙扎了很久，畢竟這裡是我跟方偉皓的祕密，如果讓他知道我帶別人來，即使方偉皓脾氣再好心裡多少還是會覺得不高興吧，偏偏我帶來的人還是那天差點在樓梯口跟他打起來的夏淳宇。

「咳咳，」想到這裡我忍不住清了清喉嚨催促道，「好了好了，我們趕快開始吧，快點練習完就能走人。」

「嗯，我已經開始計時了。」

「喂！哪有人這樣的啊！」

我一把搶過肉包惡狠狠的白了夏淳宇一眼。

畢竟是要直播出去的畫面，如果吃相太醜比起增長訂閱人數，掉粉的速度或許會更快一些，所以我非常努力在吃相與速度之間維持平衡。

「十一分五十三秒，妳這樣太慢了。」掐掉碼表，夏淳宇微微蹙起眉頭。

「你還要扣掉你提前計時的十秒！」我艱難地嚥下口中最後一口肉包，不服氣地提醒。

「這樣還是超過時間啊，這幾天妳恐怕都要留下來練習，不然當天掉漆怎麼辦。」

「你厲害你上台好了，反正現在頻道的粉絲還不是都只是衝著你的臉來的。」最後這句話比較像是氣話，只是話一說出口還是讓我自覺理虧，畢竟俞書婷提議由我來直播的主要原因，就是目前我在頻道的價值難以透過數據體現出來，但，夏淳宇可以。

唉，有顏值就是好，輕輕鬆鬆就能夠獲得成功。

將書包甩上肩，我認命的對著夏淳宇說：「明天放學同一時間，不見不散。」惹來對方鄙視的一眼。

「我妹問妳今天晚上要不要一起吃晚餐，找妳朋友一起。」走出校門，夏淳宇漫不經心的走在我身邊。

我就想說他今天怎麼沒有丟下我轉頭就走，原來是有事相求。

「找方偉皓？他最近練球很忙，不知道約不約得出來。」

「那就算了。」

哼，我就知道是看在方偉皓的面子上才勉強找我一起的。

「就我們兩個吃。」

只是沒想到從夏淳宇口中還能聽到這種話。

偏偏還是用這麼討人厭的語氣。

「無聊，我沒事幹嘛跟你吃晚餐，跟夢柔一起吃還差不多。」我斜睨了一眼身邊的自然捲男孩，或許是我的錯覺，那道總是扯成一直線的嘴角似乎輕輕地往上勾出一抹淺淺的笑。

「我有事想拜託妳。」他頭一撇接上我狐疑的視線，「隨便吃什麼都好，給我一點時間，不會太久。」

第一次聽到這麼高高在上的請求，在我印象中有事相求的人不是至少都該客氣，或是溫和一些嗎？夏淳宇的語氣卻像是在說「要不是有事想命令妳幫我做，我才不想浪費時間在妳身上」。

「如果你要請客的話，我倒是可以勉為其難的考慮一下。」我一扭頭憤憤丟了一句。

「可以。」低沉冷靜卻又難掩強勢的語氣。

好吧，事已至此，既然可以吃免錢的，想想我好像也沒什麼損失，除了要看著一張讓人沒什麼胃口的臉進食以外。

「哇，你請我吃這麼貴的，這樣讓我很害怕欸。」儘管嘴上這麼說我還是笑容滿面的，把石紋瓷盤上的五花肉通通掃進沸騰的起司牛奶鍋中。

夏淳宇冷眼用筷子比了比昆布鍋的方向，我立馬像個小太監畢恭畢盡的替一個稍有伺候不周就會叫人掉腦袋的霸道皇上，涮起滿滿一盤的豬五花。

「我不要這麼肥的。」皇上蹙眉，小太監急忙將幾枚遭到驅逐的肉片撿到自己碗裡。

「肥一點才好吃，虧你還是大胃王，不懂吃。」我沒好氣的把撿來的肉片蘸滿香氣逼人的蔥花醬油，一口塞入嘴中，油脂才剛觸及味蕾，便柔軟的化了開來，搭配醬油的香氣根本就是人間美味。

「嗯——」入口即化的美好讓我忍不住閉上雙眼，露出幸福的微笑。

「這麼能吃的話，應該要把十二個肉包增加到二十四個才對吧。」
如此幸福美好的吃相，卻惹來夏淳宇嫌惡的白眼。
「說吧，這樣賄賂我的理由是什麼？」於是，小太監決定不再卑躬屈膝，雙手並用將被判出局的肉肉們，全數打撈進自己的盤子裡。
「我妹生日快到了。」
「嗯哼。」我點頭如搗蒜，「你妹生日快到了跟你請我吃飯有什麼關係？」
「我想買一份適合的生日禮物，畢竟是十七歲生日。」
夏淳宇不說我差點都要忘記他的妹控人設，只是話鋒一轉，我突然想到夏淳宇跟夏夢柔既然是雙胞胎那不就代表……。
「你們倆兄妹生日那天不會還有什麼交換禮物之類的傳統吧？」光用想得都覺得恐怖，每一年都要跟這座冰山一起過生日到底是什麼感受啊，真是太替夏夢柔感到悲傷了。
「很奇怪嗎？」夏淳宇的耳根微微泛紅，有些難為情的夾起一隻和他的雙頰一樣紅通通的蝦子。
「咳，說奇怪倒也不至於啦。」
嗯，就是很奇怪。難以說出口的真心話只好藏在心裡偷偷地說。
「只是這種事怎麼會問我啊，跟夢柔相處十七年的是你，應該更清楚她喜歡什麼才對吧。」
我強忍笑意，一本正經地望向眼前剝蝦裝忙的男子。
「我不太了解現在的小女生喜歡什麼？所以想拜託妳吃飽飯後陪我去挑禮物，這餐是報酬。」
「什麼小女生，你不也還是一小男生嗎？」話剛出口，我才驚覺自己似乎搞錯重點，趕忙又補了一句：「蛤？陪你去挑禮物？」

「不行嗎？」

唉，都說吃人手軟，一餐七百多塊的鴛鴦火鍋吃到飽，夏淳宇都請得如此心甘情願了，我還有什麼理由拒絕，牙一咬陪他挑禮物就是了。

「看你出手這麼闊綽，想必應該沒有什麼預算限制吧。」走出火鍋店，夏淳宇領頭走進東區一間知名百貨，我伸手指了指路過的招牌，「Gucci、Chanel、YSL隨便哪一間都足夠讓它成為珍貴十七歲生日的回憶。」

「我妹不喜歡這種的。」夏淳宇絲毫沒有想停留的意思，一個轉身搭上電扶梯。

「那你妹喜歡哪一種的？你總要給個範圍我才好幫你啊。」

「不知道。」

我看今天挑到禮物前，我應該會先被這位難搞的寵妹魔人氣到高血壓。

地下一樓是美食街，看見夏淳宇腳步漸緩，我趕忙湊到他身後：「這是要先挑蛋糕的節奏嗎？」

「嗯。」極其簡短的回覆我已經不是那麼在乎了，至少現在有個明確的目標，不用繼續大海撈針。

「喔齁，那這個部分我應該比較幫得上忙。我來看看，我記得……。」

原本以為我終於有了大展身手的機會……。

「你好，我想要訂一個櫻桃起司蛋糕，請問可以宅配嗎？」

結果根本來不及發揮我美食達人的雷達，夏淳宇就選好了。手扶梯下來第一間，他說夏夢柔特別喜歡這間店的起司蛋糕。

「我合理懷疑你根本就只是想整我。」不到五分鐘的時間夏淳宇就拎著幾個紙袋心滿意足的離開蛋糕店，我也只能賭氣的跟在他身後不滿的抱怨。

「來，這個給妳。」

還沒反應過來我的手早已掛上大理石配色的精緻提袋：「給我的？」問候夏家祖宗十八代的衝動，在看到那塊讓人食指大動的藍莓優格千層派後，瞬間灰飛煙滅。

「我記得地下街有幾間飾品店，等一下需要妳給我意見。」無視對著蛋糕發花癡的我，夏淳宇頭一甩逕自邁開長腿。

「好啦好啦，看在這塊蛋糕的份上今天陪你逛到腳爛掉我也心甘情願。」我小心翼翼的把蛋糕放回提袋中，眉眼燦爛的跟上夏淳宇的步伐。

夏淳宇雖然嘴上不說，但是他只有在看到飾品店，或是一些文創小店會稍稍停下腳步，所以我大致推理出，他應該是想買首飾或耳環之類的東西送給夏夢柔。

「你看，你覺得這個怎麼樣？」在一間生意很好的飾品店裡，我拿起一條鑲有一顆小巧愛心墜飾的項鍊舉到夏淳宇面前。

他冷冷地瞥了一眼，從我手中接過項鍊。

「不錯吧，這種小巧可愛的設計，是不是很適合春暖花開的十七歲少女？」眼看夏淳宇沒有直接無視我的建議，我決定再接再厲，渴望能從這個冷漠冰山男嘴裡得到讚許。

「是嗎，我覺得不怎麼樣。」

翻了個白眼，我又拿起一個鑲滿碎鑽的粉色流星髮夾：「那這個勒？我覺得蠻適合萝柔的，看起來很有氣質。」

「都什麼年代了，哪個高中女生還會戴髮夾上學啊。」

「欸，勸你把這句話收回，你這樣會得罪很多人喔。」

「我只是在陳述事實。」

「我啊！我就會夾髮夾上學，怎麼樣，無話可說了吧。」

「是妳的話倒是不怎麼意外。」

深呼吸，吐氣。杜臻臻千萬要忍耐，俗話說的好，忍一時風平浪靜，退一步海闊天空，快要忍不住時就看一眼手上的蛋糕消消氣。

若不是有這塊蛋糕相伴，我早就不知道扭頭走人幾次了。

「這間店不怎麼樣，我們去下一間看看吧。」

也不曉得這句話是我今晚聽到的第幾次，感覺再聽一次耳朵就會流出血來，共感能力極差的夏先生完全沒在顧慮我的心情，今天晚上不論我推薦什麼給他都是二話不說的打槍。

「我看別人家賣的東西你都不滿意，乾脆自己做生日禮物來送還比較快。」踏出不知道是第九間還是第十間飾品店，我有氣無力的說。

「不要，我討厭麻煩的事情。」

這樣啊，那你怎麼從來沒想過你給我帶來多大的麻煩呢？我忍不住在心裡暗罵。

「已經快九點了欸……。」話一出口卻變成臭俗辣的哀嚎。

「妳不是說看在蛋糕的份上，陪我逛到腳爛掉也心甘情願嗎？」

魔鬼！

夏淳宇絕對是上天派來懲罰我的魔鬼！

我原地跺了跺腳示意我真的走不動了，夏淳宇才終於嘆了口氣就近找了張長椅，然後眨了眨深邃誘人的雙眼皮，沒好氣的對我說：「休息十分鐘。」

也不是在搞什麼極限運動，偏偏跟夏淳宇在一起，就連悠閒挑禮物的時間都會變得疲累無比，我卸下書包雙腳一伸，像個無賴一樣整個人癱坐在那張長椅上。

「喂，這裡是公共場合，而且妳還穿著制服，請你坐姿雅觀一點可以嗎？」

「我不管啦，我感覺這雙腳已經不是我的了。」我稍微收斂的把雙腿併攏一些。

「一看就知道平時沒有在運動。」夏淳宇坐下的同時也沒忘了動嘴。

我懶得回話，自顧自的打開包裝精美的蛋糕狼吞虎嚥的吃了起來，無視隔壁朝我遞來的不用想也知道充滿鄙視的目光。

「妳吃慢一點，我又不會跟你搶。」

「是你自己說只有十分鐘的休息時間。」哼，這是我的蛋糕你管我要吃快還是吃慢。

「好，那延長五分鐘。」蛋糕差點沒氣到從嘴裡噴出來。

「如果今天都沒有挑到喜歡的禮物怎麼辦？」不是我故意要潑冷水，而是依照夏先生這也不要那也不要的挑剔性格，今天晚上沒有買到稱心如意禮物的機率很大。

「不知道。」夏淳宇意興闌珊的從制服口袋中掏出手機，不知道在忙些什麼。

好吧，當我沒問，反正我今天晚上問了不下幾百個「為什麼」、「怎麼樣」，夏先生都一視同仁，通通以一句「不知道」帶過。

安安靜靜吃完手上的蛋糕，我微微挪了挪屁股湊到夏淳宇身邊，手機螢幕上的畫面卻讓我禁不住「噗哧」一聲笑了出來。

「笑屁啊。」夏淳宇看上去是真的有些不悅，無奈微微發紅的耳根，還是無情地出賣了他。

「『如何挑選生日禮物』這種沒意義的網站勸你少逛一點，挑禮物又不是在算數學，這種沒有標準答案的事只能用心感覺，」我頓了頓繼續說道：「而且竟然你更相信網站上寫的，那你根本就沒有把我找出來的必要嘛。」

「除了妳以外我沒有其他人可以問了，而且我只是在參考，誰叫妳一直在旁邊唱衰。」耳根的潮紅還沒褪去，夏淳宇強裝鎮定振振有詞地回應道。

「好喔，都是我不好。」我裝模作樣的點了點頭，「我看你直接問夢柔想要什麼生日禮物，可能還比較快一點。」

夏淳宇沒有接話，低著頭繼續瀏覽手機網頁。

「是說你家那麼有錢，你們兄妹倆的生日是不是都會舉辦家庭派對啊，我在美劇裡有看過，會在庭院裡跟親朋好友一起徹夜烤肉，吃炭火牛排或烤乳豬。」那畫面光用想像的都覺得羨慕。

「妳想太多了。」夏淳宇冷笑了一下，「生日哪有什麼好大肆慶祝的。」

「欸，好歹也是十七歲生日。」話說到一半，我突然想起那天在美食街的大胃王比賽會場，高舉雙手為夢柔加油的自然捲大叔，「而且你爸感覺是很寵小孩的類型。」

「工作忙得都沒時間回家的人，寵什麼寵。」

夏淳宇的聲音聽上去有些顫抖，也許是我多慮了，只是那雙原本就冷冽的雙眸，在那一瞬間，似乎又染上一層薄霜。

「我吃完了，等一下去捷運站附近的巷子吧，我之前跟林萱有逛過幾間還不錯的飾品店，特此說出來讓你參考。」我趕忙生硬的轉移話題，畢竟我們之間的氣氛本來就不太活絡，如果再讓夏淳宇不開心，我絕對會生不如死。

「嗯。」語畢。夏淳宇也沒管我身邊還散落著蛋糕盤叉以及撕下來的膠膜，按下手機電源乾脆地起身走人，留我一個人匆匆忙忙的收拾手邊的東西。

好不容易整頓好追上夏淳宇的步伐，走沒幾步卻發現夏淳宇不知道為什麼突然在手扶梯前停下腳步，幸好我煞車煞得快，不然社團招新當天的慘劇差點再次上演，還是在人來人往的捷運站。

「你幹嘛？」

繞過夏淳宇，我逕自踏上手扶梯，回頭不解的望著他：「不走嗎？」

夏淳宇沒有回應我，只是愣愣地站在手扶梯前，目光似乎落在我身後，極其冷冽且帶著些許惱色的目光。

「淳宇？」清冷的女聲劃破耳畔略顯嘈雜的背景音，循著夏淳宇的視線我回頭瞥向左手邊往下行駛的電扶梯，一個著裝入時的女郎和夏淳宇在手扶梯的兩側隔空相望。

精緻的五官微微皺在一塊兒，我讀不出那張白皙精緻的臉龐背後，藏的是什麼情緒，疑惑？詫異？還是不知所措？

夏淳宇卻像終於回過神一般，冷冷地將視線從女人身上移開，撇過頭不發一語的大步躍上手扶梯。

女郎張開桃紅色的唇瓣似乎還想說些什麼，手扶梯卻已抵達目的地，她踉蹌了一下，站穩後抬眼愣愣地望了望我們的方向。

夏淳宇始終頭也不回的站著，那道總是下垂的嘴角微微抽顫了幾下，他的眼眶佈滿血絲，略顯急促的呼吸都在透露著——他在逞強。

我們一語不發的走著，察覺夏淳宇的反常後，我也不敢多說些什麼，只能不斷在腦海中思索夏淳宇和女郎的關係。

見到她的第一眼，我腦海中只有一個想法——她的眼睛跟夏淳宇很像。神韻似乎也與夢柔有幾分相似。如果我沒有猜錯，女郎應該就是夏淳宇的母親。

只是從兩人剛剛見到彼此的反應來看，他們的關係應該不好，甚至可能根本不是會天天見面的關係。

「生日有什麼好慶祝的。」

夏淳宇不屑的聲音在腦海盤旋。

唉，今天挑禮物本來就夠不順利了，現在又多了這齣……。

我看硬要繼續逛下去，買到喜歡禮物的可能性幾乎為零。

在我準備開口勸身旁早已無心逛街的男子就此打住時，他卻突然邁開腳步，還沒來得及反應，就見他自顧自的往巷子裡鑽。

九點多的東區街道內，依舊滿滿人潮，夏淳宇走得很快，我必須要很努力才有辦法不讓自己落後於他。

「哎呀，你走這麼快幹嘛？」我忍不住對著他的背影咆哮，引來周圍關注的目光，可夏淳宇依然走得很快且仍舊一語不發。

「你這樣我要先回家了。」我賭氣，停在原地朝著他的背影吼道。

從旁人的眼光看來或許會覺得我們是互鬧彆扭的小情侶，但我一點也不在乎，對於今晚為所欲為的夏淳宇，我的忍耐已經到達了極限。

只是讓我意外的是，在聽聞我的叫喊後，夏淳宇停了下來，在距離我約莫五十公尺的地方。

人潮來來往往的在我們之間穿梭，而他就只是站著，一動也不動的站在那裡，不再前進也沒有回頭，直挺挺的背影看上去卻顯得無比落寞。

我嘆了口氣，往他的方向走去。

每個人心裡或多或少都會有一些不願回想起的過去，在這樣倔將的外表下或許就只是為了守護一個無比脆弱的傷口，我深刻明白這個道理，所以我並不是真的想拋下夏淳宇獨自離去。

但事後想想，或許當時，我就不該向他靠近。

也許那時轉頭離開，才是真真正確的決定。

我沒有丟下他，即使再生氣我還是主動走向前，因為他在我大聲喊著要離開時停了下來，那個黯淡的背影使我無法忽視，從夏淳宇的反應我讀出——現在的他需要人陪，不管那個人是誰……。

夏淳宇擁有什麼樣的過去我一無所知，也許他是我認識的人中最難親近也最難討好的一個，但他絕對不是那種不近人情，自私自利的存在，他有他想要守護的東西，也有他表達關心的方式，某些層面來看，夏淳宇就像是個看不到盡頭的黑洞，他從來不會主動表達自己的感受。

「嘿。」我輕輕將手搭上他的肩，「你還好嗎？」我問。

還沒等到夏淳宇的回應，剎那間，我只覺周圍的光線全在那一刻抽離，過了許久我才意識到，眼前男孩臉上的淚痕，正悄悄沾染上我的肌膚，唇瓣染上了不屬於我的溫熱，讓我禁不住睜大雙眼。

一切發生的太過突然，我只知道——夏淳宇失控了。在這人來人往的東區街頭。

他用他的方式宣洩著。

也不知道過了多久，直至我感受到肩膀上夏淳宇使勁施力的手，漸漸緩和下來，我才激動的一把將他推開。

「哇靠……你是有病吧！」

比起憤怒，更多的是荒唐。

眼前男孩的臉上閃過一抹驚慌，他沒有直視我的眼睛，我卻看出他眼神裡流洩而出的悔意。

「這是我的初吻欸！」委屈的感覺頓時湧上心頭，淚水忍不住從兩頰上滑落，夏淳宇慌了，他左右張望了一下，慌亂的從書包裡翻出一包皺巴巴的衛生紙。

「對……對不起。」他滿臉歉意的走向我，慘白的雙唇顫抖了幾下，只吐出一句結結巴巴地道歉。

我接過衛生紙繼續朝著他吼道：「你要怎麼賠我，嗚……你為什麼要親我，早知道我就不要答應陪你來了。」

「早知道我剛剛就不要理你自己回家了。」

都怪我太愛管閒事，才會掃到夏淳宇的颱風尾，越想越不滿，我憤怒的朝著眼前不知所措的男孩送出一拳，這一下打在他的肩膀上，夏淳宇毫無防備的往後踉蹌了幾步，又再一次低著頭走到我身旁。

「對不起」他吶吶的說。

「我……真的對不起。」夏淳宇越是道歉我便越覺得委屈，在巷子內放聲大哭了起來，眼前手足無措的肇事者，也只是站在我面前低著頭不斷重複著道歉。

正常人遇到這種事情應該有什麼反應我實在不知道，我只知道我的腦袋裡一片混亂，所有思緒全都交纏在一塊兒，而我就只是站在人潮洶湧的街上，對著眼前與我同樣不知所措的少年一陣哭鬧。

等我再也擠不出一滴眼淚，腦海裡夏淳宇俯身的畫面衝破一切繁雜的思緒猖狂的反覆重播，「好噁心。」我使勁一甩頭抬起眼來憤憤地瞪著他，原先愣愣地低頭望著自己腳尖發呆的夏淳宇聞聲接上我的目光，望著他濃密的睫毛尷尬的顫了幾下，我又複誦了一遍：「好噁心。」

只見夏淳宇低下頭來，略帶自然捲的瀏海微微垂在額前，看起來就像一隻隨時要被抓去剃毛的綿羊。

「我……真的真的很抱歉，對不起。」一陣沉默後，他鄭重的抬起頭來很努力的想直視我的目光，最後還是失敗了，一說到「對不起」這三個字夏淳宇的頭又緩緩低了下去。

我強壓心頭怒火惡狠狠地盯著他看，二話不說憤怒地將書包甩上肩，氣憤地對著他說：「我還沒有要原諒你的打算，接下來的這幾天，你最好不要再來招惹我。」

語畢，便頭也不回的扭頭走人，留下呆愣原地的夏淳宇。

今天一整天真是莫名其妙。

沿途，腦海中滿滿出現的都是夏淳宇俯身貼近我的畫面。

「唉，煩死了。」我懊惱的撥了撥早已被風吹亂的頭髮，「早知道就不要擔心那個傢伙，放他自生自滅就好。」

回程的公車上，我真恨不得自己有倒轉時間的能力，回到還沒遇上夏淳宇這個冤家的那段美好時光。

「我到底為什麼要多管閒事，真是煩死了。」

窒息的畫面在腦海中反覆播放了整晚，搞得我幾乎整夜沒睡。

偏偏隔天還跟夏淳宇約好了放學後一起練習，儘管我很努力一整天都避開他可能會出現的路徑，最後還是免不了硬著頭皮在社團教室碰面。

「杜臻臻妳怎麼那麼慢呢？」

沒想到推開門出現眼前的卻不是夏淳宇，練智遠雙手叉腰蹙起眉頭比了比黑板上的時鐘。

「副社長說他今天有事情所以讓我來監督妳，」沒等我開口詢問，練智遠便自顧自的開口數落道：「說好一放學就開始練習，我交完考卷還匆匆忙忙地跑去準備了熱騰騰的包子，結果妳卻這麼拖拖拉拉。」

「抱歉，剛剛有點事耽擱了。」我尷尬的笑了一下，其實我是害怕見到夏淳宇後氣氛會很尷尬，所以在社團教室前的走廊徘徊很久，沒有見到夏淳宇確實讓我鬆了一口氣，甚至有點感謝是練智遠出現在這裡。

但是夏淳宇今天沒有出現，難不成是家裡真的出了什麼事嗎？

下一秒腦海裡迸出的想法，卻讓我禁不住肩頭一顫。

「天啊！我看我是瘋了吧。」倒抽一口氣，我以極盡扭曲的表情仰頭吶喊道。

「靠！嚇死人！」練智遠佈置到一半被我突如其來的驚呼嚇了一大跳，一顆包子滾到講台前，他無奈地蹲下身去，惱怒地拍了拍包子上的灰塵：「我跟妳說我包子的數量買得剛剛好，這顆妳用吞的也要給我吃下去，沒事叫那麼大聲幹嘛，嚇死我了。」

「對不起，我昨天晚上沒睡好，今天特別暴躁。」我無力的拉開練智遠身旁的椅子坐下。

練智遠望著我嘆了口氣，繼續將剩餘的包子從袋子裡拿出來擺到盤子上：「妳有什麼心事嗎？是不是考試沒考好回家被罵了？」

「考試沒考好也沒這麼恐怖。」

練智遠停下手邊的工作疑惑的看著我，「不會是因為直播的事在緊張吧？妳是不是擔心直播平台上的都是美女，害怕比不過人家？」

還好練智遠的單純沒有過度揣測我這句話背後的意思，只是我事後想想，再怎麼揣測，也絕對不可能想得到我昨晚到底經歷了什麼。

「欸，練智遠我問你喔？」我單手托腮，兩眼無神的看著練智遠將包子一個個疊在盤子上。

「嗯，妳說。」

「你爸媽感情怎麼樣啊？你跟練叔叔感覺感情蠻好的，像練叔叔這麼溫和老實的人，應該跟家人都相處得很好吧。」

「嗯？」練智遠沒有停下手邊工作，偏著頭一陣思考：「要說感情好好像也沒有特別好，但也沒有不好，多少還是會鬥嘴啦，誰家不是這樣。」

「也是，那……你有沒有想過你爸媽，有可能會離婚或是怎麼樣的啊？」

「離婚倒是不至於吧，家人相處多少都會有爭執不是嗎？越吵反而感情越好。」練智遠擺上最後一個肉包，愣愣看向我：「妳怎麼突然說這個啊？難道妳家出了什麼事嗎？」

「唉，不是啦，」我朝著他擺了擺手：「算了算了，我們還是趕快來練習吧。」

「不過妳剛剛講到我爸，我突然想到一件事。」

「練叔叔？怎麼了嗎？」

「妳記得我上次跟妳說我爸腰不好，加上上次幫忙我們校慶不是又閃到，所以最近跑醫院拿藥拿得很頻繁，有一次陪他去醫院，我本來以為是我看錯，但是幾天前我好像確實有在醫院看到妳朋友，但是只有側臉而已，所以不是很確定。」

「我朋友？什麼朋友啊？」

「就是籃球隊那個啊，每天都跟妳走在一起那個高高帥帥的男生。」

「方偉皓？」

「對！就是他，但我不是很確定，有可能是我看錯，因為他往婦科的方向走，我原本沒放在心上只是妳剛好提到我爸，我才突然想到似乎有這麼一回事。」

練智遠為什麼會在醫院看到方偉皓？不可能吧。練智遠突如其來的一番話讓我摸不著頭緒，仔細想想那個傢伙最近確實很讓人擔心，最近快要打高中聯賽了常常看不到人，加上我最近也比較忙，幾乎沒什麼時間關心他，不過他最近應該在隊上忙得不可開交才對，應該沒有什麼理由跑醫院吧，難道說是阿姨怎麼了嗎……。

「杜臻臻不要發呆了，光顧著跟妳聊天包子都冷掉了，再不趕快練習社團徵選那天漏氣怎麼辦。」練智遠的呼聲將我拉回現實。

也是，先把校內徵選的表演解決了才有餘力擔心其他的，不然到頭來什麼都沒做好。

我甩了甩腦袋，在練智遠按下碼表的那一刻以最快的速度消滅眼前堆成小山的肉包。

一邊是夏淳宇一邊是方偉皓，一個是口不擇言不善交際的社團夥伴，另一個是報喜不報憂卻藏不住祕密的多年死黨，兩人的身影在腦海裡來回交錯。於是，決定撒手不管這些既複雜又惱人的瑣事的我，終於在連續幾天的魔鬼訓練下得以在十分鐘內吞下十二個合作社大肉包，並且迎來了社團轉型以來的第一個挑戰。

第八章 無可避免的誤會

「不知道今天陳敬有沒有上班？」校內徵選前一天，我和林萱以及俞書婷，一同前往距離學校約莫五個公車站距離的便利商店。

其實學校附近就有很多間連鎖便利超商，我們大老遠跑來這裡，就只是因為，這是林萱家附近，而林萱表示這間便利商店的店員顏值特別高，所以我們便放著距離近的地方不去，偏偏要花上十五塊公車錢，大老遠跑來這裡。

「人家上次都拒絕給妳臉書帳號了，妳不尷尬嗎？」走進便利商店前俞書婷沒好氣的問道。

「齁齁，這件事情妳也有份好嗎，不要一副事不關己的樣子，妳自己也說了他們很帥的。」

「受不了，妳真的是太花癡了。」

「那下次我說要來這裡之前妳可以先反對啊。」

「我反對的話妳會聽嗎？」

「我會認真考慮。」

「白痴。」

林萱最近總是把陳敬這個名字掛在嘴邊，對方是我們學校的轉學生，就像是男神降臨一般，在他降臨五班之後，五班的女生們走在路上都顯得特別神氣，說到這個陳敬其實我也有過「三」面之緣，第一次，是社團招新那天看到他和五班的可愛女生白亮亮在A棟樓梯間的親密互動；第二次，是某天處理完社團教室的雜物後準備下樓時，聽見一樓花圃傳來的哭泣還有安慰聲，從女兒牆邊往下眺，才發現是校園女神之一的蘇靜瑜不知道為了什麼事情哭得好傷心的樣子，我其實不認識蘇靜瑜只是因為她跟郝芮莉走得很近，所以對她沒什麼好印象而已。

「我又沒做什麼，是白亮亮突然把書丟過來打到我，為什麼最後變得好像是我不對。」蘇靜瑜淚眼汪汪的對著站在她身側的美術社社長袁東明大聲哭訴，「別難過啦，亮亮她一定也不是故意的。」面對情緒失控的蘇靜瑜，袁東明看上去有些不知所措。

像蘇靜瑜跟郝芮莉這種心思狡詐的女生所說出來的話，都要思忖再三才能確認其中的真實性，也難怪溫吞老實的袁東明會不知道該如何是好了，如果是我就不會選擇介入這種麻煩的事情，正當我準備順從內心遠離這片是非之地時，有人突然從身後輕聲叫住我：「同學。」

我一轉身，卻發現站在我身後的不是別人，正是轉學生陳敬，那張頂級帥氣的臉龐上，推起一個狡黠的微笑，深陷兩頰的酒窩更是讓人難以移開視線。

「有……有什麼事嗎？」或許是第一次被這麼好看的男孩搭話，不知怎麼地我有些結巴。

「不好意思，那個……妳是要拿下去丟的嗎？」陳敬比了比我手上的藍色塑膠袋，那是上次社團招新時留下來的紙板，跟一些裝飾用的保麗龍球，本來覺得丟掉很可惜所以一直擺在社團教室，但放久了就有些佔空間，所以這次我打算一口氣把他們全都扔了。

「嗯……因為不會用到所以得扔了。」我點點頭簡短回應道，不明白眼前男孩這樣問的原因是什麼。

「這樣啊。那，那三顆紅色的保麗龍球可以給我嗎？」

「啊？好啊，反正也不會用到了。」雖然不知道他要這個幹嘛，但對於那張掛著清爽笑容的臉蛋我真的一點招架力也沒有，聽聞我的回答陳敬臉上的笑容更燦爛了，他走向我輕快地從我手中接過紅色保麗龍球。

「我之前在韓國的時候跟朋友學過雜耍，不知道現在還記不記得怎麼拋。」陳敬舒展眉宇朝著我做出一個「妳看好囉」的表情，便逕自拋起手中的保麗龍球。

站在女兒牆邊，只要稍一失手球就會往下掉，雖然他手上拿的是一點殺傷力也沒有的保麗龍球，但對於早已決心快速遠離這片是非之地的我而言，還是看得心驚膽跳，萬一球不小心掉下去打到蘇靜瑜，連我也變成共犯怎麼辦？

正當我產生這個想法，打算出聲制止眼前玩得不亦樂乎的男孩時，一顆球就這樣偏離軌道，向著我最不樂見的方向垂直墜落……。

我忍不住倒抽一口氣，陳敬卻像是早就知道球會掉落一樣，從容地接住另外兩顆球，等待掉落的一顆墜落地面的那一刻。

好在最後那顆球並沒有砸中任何人，而是在袁東明和蘇靜瑜兩人的腳邊停下。

「抱歉，嚇到你們了，沒事吧。」陳敬臉上依舊掛著笑容，對著一樓花圃旁花容失色的蘇靜瑜以及袁東明喊道。

「沒有打到我們，沒事。」袁東明撿起腳邊的球仰頭回應陳敬的道歉。

這傢伙葫蘆裡到底賣什麼藥？

我不禁後悔自己剛剛竟然想都沒想就借他保麗龍球，因為從陳敬來找我搭話到現在為止，我一刻也沒有看懂他到底在耍什麼花樣。

「抱歉，我太久沒練習有點生疏了。」陳敬語帶抱歉地說，說著臉上又擠出一抹淺淺的微笑，只是那抹微笑看上去似乎有些微妙。

「沒……事，我也沒有被打到。」不知怎麼的，蘇靜瑜的聲音聽起來有點心虛。

「是嗎，今天下午我坐在後面所以看得很清楚，白亮亮的書也沒有打到妳啊，剛剛球掉下去的時候，我還很擔心如果下樓去撿，我會不會也被妳推倒，看來應該是不會發生這種事。」

語畢，陳敬臉上再次露出那抹狡黠的笑容，勝負已定，我沒忍住看了一眼樓下蘇靜瑜的表情。

只見少女臉色一青，原先哭喪的臉染上些許慍色，也許是難為情又不好對著眼前捅破真相的男孩發脾氣，在我們眼神交接的那一刻，我明顯感受到了怒氣的轉移，只見她惡狠狠的朝著我擺出一副「看屁啊」的高傲姿態，迅速拎起擺在一旁的側背包憤憤地扭頭走人。

「那個，謝謝妳的保麗龍球。」

我還沒反應過來，陳敬不知道什麼時候已經搶過了我手上的藍色塑膠袋，「為了表示感謝，我幫妳把這個拿下去丟吧。」

「啊……沒有關係，我可以自己來。」

「沒事，交給我，妳幫了我一個大忙，」他頓了頓，露出調皮的微笑，「不用鬧得很難看又可以報仇的忙。」陳敬伸出食指在唇邊比了個「噓」的手勢，深深的酒窩一出現，讓我又一次沒有絲毫抵抗的，一秒鬆開抓緊垃圾袋的手。

「謝啦！」最後陳敬又一次說道，而後邁開步伐轉眼消失在走廊盡頭。

至於第三次見到他……

就是林萱拉著我和俞書婷來這間便利商店的那天，陳敬就連穿著連鎖超商的制服也照樣是萬眾矚目的焦點，林萱被他迷得頭暈目眩，就連俞書婷也開口承認，陳敬確實是她短短十七年的人生中見過最好看的男孩。

只是那天不知道怎麼地，白亮亮也碰巧出現在便利商店內，而且還坐在我們隔壁桌，見到陳敬看到她時兩眼放光的模樣，林萱心裡很不是滋味，她表示這種感覺就像是喜歡的偶像被爆出緋聞那樣，最後甚至不死心拉著我們到櫃台搭訕，結果當然就像是俞書婷說的那樣，雖然陳敬並沒有明確的拒絕，只是掛著笑容從容地說了一句：「我沒什麼在玩社群軟體，抱歉。」然後朝著我露出一個「嘿，我還記得妳」的表情，便繼續轉身清理咖啡機台。

結論就是，這個陳敬不僅懂得如何收服綠茶，還很懂得避嫌，從三次見面都少不了白亮亮這點來看，陳敬應該早就心有所屬，也就是說，林萱不管如何吸引對方注意，最後都免不了鎩羽而歸。

唉，無奈被蒙在鼓裡的林萱目前還無法看破紅塵，沉浸在追逐偶像劇般熾烈的初戀之中。

「他今天好像沒來上班。」約莫張望了三十分鐘，林萱總算是認清了現實，轉而對著我關心道：「後天就要上台了，會緊張嗎？」

「目前還沒社麼感覺。」

我清空眼前最後一塊蘋果麵包，俞書婷見狀毫不猶豫的又開了一包。

「比起其他表演，還是吃東西簡單得多。」她說。

「是嗎？那妳當初怎麼不跟臻臻她們一起拍影片。」林萱反駁。

「有什麼問題嗎。現場表演跟上鏡頭性質有差OK？」俞書婷推了推眼鏡，一點也不想輸給林萱。

「別吵啦，你們兩個一個做企劃一個負責後台管理，各司其職我覺得這樣挺好的啊。」我夾在中間好聲勸阻。

頻道經營至今，俞書婷是唯一一個沒有入鏡過的人，小鳥胃林萱和練智遠都會偶爾露個臉，林萱說像我們這種團隊型的YouTuber每個人都有一個獨特的人設會讓頻道更有趣，企劃也可以越發五花八門，雖然是以大胃王吃播為主要訴求，偶爾增添幾個弱不經風的角色，反而可以凸顯我和夏淳宇的實力。

「話說，雖然現在重點是先觀察直播反應，只有臻臻一個人需要加強訓練，但夏淳宇最近的出席率也太低了吧。」俞書婷翻開這幾週以來的會議紀錄，不滿的抱怨。

三次社團會議夏淳宇缺席了兩次，缺席的這兩次還都是在那天晚上的事情發生後，說好的放學後魔鬼訓練，也成了練智遠的工作。

「我真的搞不懂他，」林萱點開聊天群組無奈的說：「訊息本來就少回，這幾天甚至都不看了。」

「煩欸，真的很不適合團隊合作，總是自己愛怎樣就怎樣。」俞書婷說著又在群組發出一則訊息。

那天以後，我總覺得夏淳宇刻意在躲我，雖說我心裡某一塊也希望盡可能避免接觸，畢竟發生那件事以後，我也很難想像往後該怎麼面對他。

只是日子一天一天的過，頻道如果要繼續更新，我們總歸還是得要把事情說清楚講明白，才有辦法繼續合作，要是這樣永無止盡的逃避下去，也不是什麼好辦法。

思緒走到這裡，我點開聊天室找到夏夢柔的名字。

既然無法直接與當事人面對面解決，那麼我繞道而行總可以了吧。

上一部影片上架前是我最後一次跟夏夢柔見面，加上最近太忙才驚覺我還有兩則訊息沒有回覆她，點進訊息欄一看才發現夏夢柔傳的是方偉皓上一場比賽的照片，只見方偉皓雙手托球跳得老高，銳利的眼神直直盯著籃筐的方向。

「看來我們刺蝟頭這次又搶了好幾個籃板，寶刀未老，不錯喔。」我笑著按下照片上方的儲存鍵。

想想這個方偉皓還真是幸運，有這麼盡責的小粉絲只為了看他一人，每場球賽都會乖乖到場上報到，反倒是我這個十年好友，今年竟然一場比賽也沒有到場應援。

「喂，我有看錯嗎？」才剛發出訊息，我就被林萱的驚呼聲嚇得差點把手機摔在地上。

「幹嘛？」俞書婷搶在我之前提出疑問。

順著林萱手指的方向，我們不約而同地將視線移往窗外，這間便利商店對面就是一間大型醫院，從我們的位置往外看，碰巧可以看到醫院的大門。

「那個人不是方偉皓嗎？」

方偉皓？

人來人往的醫院大門，一個身型高挑的男孩，側著身從自動門走了出來，雖然有點距離，但十幾年的歲月可不是白活，我一眼就認出那顆刺蝟頭，還有那雙羨煞旁人的大長腿。

那人確實是方偉皓沒錯。

可是方偉皓這個時間點，為什麼會出現在醫院門口呢？

不對，應該是說……。

方偉皓有什麼要出現在醫院的理由嗎？

「妳記得我上次跟妳說我爸腰不好，加上上次幫忙我們校慶不是又閃到了嗎？所以最近跑醫院拿藥拿得很頻繁，有一次陪他去醫院，好像有看到妳朋友，但是只有側臉而已所以不是很確定……」練智遠的話無預警地在腦海中響起。

當我點開手機，準備撥通方偉皓的電話一探究竟時，林萱又接著驚呼。

「喂！妳們看，那個人不是夏淳宇的妹妹嗎？」

醫院的旋轉門內，纖瘦白皙的少女走了出來，一頭棕褐色捲髮在腦後紮起俐落的高馬尾，即便距離遙遠，依舊難掩她光彩耀人的女神氣質。

「真是奇怪了？這個時間點他們兩個怎麼會在一起啊？」俞書婷的話宛若一記重擊。

方偉皓跟夏夢柔是什麼時候好上的？為什麼我有一種被蒙在鼓裡的感覺？

「喂，杜臻臻，方偉皓不是一天到晚跟妳黏在一起的橡皮糖嗎？妳沒聽他說過什麼？」林萱拱起手肘八卦的頂了頂我的腰際。

「我不知道欸。」腦筋一片空白的狀態下，我的語氣聽上去有些冷漠。

「男的帥女的美，走在一起還很養眼，真好。」林萱的話讓我更覺語塞。

那麼平時總是和我走在一起的方偉皓，大家會怎麼說呢？

醫院大門前的公車站，夏夢柔和方偉皓並肩站著，畫面美得像是一幅畫。

或許我應該先擔心方偉皓出現在醫院的原因，但心裡卻有個不爭氣的想法，在這短短幾分鐘內不斷迴盪。

會不會，方偉皓其實早就不需要我的關心了？而自以為是他最好朋友的我，卻一點也沒有意識到。

手中的手機震動了兩下。

是夏夢柔傳來的訊息。

「今天可能沒辦法，我們約改天好嗎？」

方偉皓和夏夢柔齊身出現在醫院的原因是什麼？我沒有追問。

而沒有追問的原因又是什麼……。

我不應該害怕方偉皓的答案，也許只是因為這種情況第一次在我們之間發生，我沒有辦法馬上習慣，至少這種不是滋味的感覺不該是吃醋……。

我不可能會因為夏夢柔的關係吃方偉皓的醋……。

當了十幾年的青梅竹馬，我只是不習慣方偉皓身邊有除了我以外的女性好友罷了，之後我們彼此都談過幾場戀愛後，總歸是要習慣的，十年好友的事實不會改變，改變的只有三天兩頭見面、約吃飯、談心之類的相處模式——

我努力說服自己，這才發現之前老是拿方偉皓從來沒有交過女朋友的事情揶揄他的我，其實壓根沒有想過總有一天我們不該也不能……再是彼此最親近的人。

會不會方偉皓就是有這一點顧慮，所以沒有來得及告訴我自己和夏夢柔的關係……。

「方偉皓也太會隱瞞了吧！竟然連臻臻都不知道，」林萱在一旁感嘆，「難怪我最近很少看你們走在一起。」

「別再八卦別人的事了！夏淳宇如果再對社團的事情這麼漫不經心，我真的會讓他退社。」俞書婷倒是不怎麼在意，她更在乎夏淳宇群組訊息不回這件事。

「哎呦，妳管他這麼多幹嘛，反正目前最重要的是後天的直播，夏淳宇現在也沒什麼事情要處理啊，還是其實妳只是想藉關心社團之名控制夏淳宇？」林萱雖然平時辦起事來乾淨利落，但身上的八卦按鈕一但被打開就很難關上。

「啊！」

林萱的慘叫聲引來路過客人的注目。

「妳給我閉嘴，不回群組訊息對妳來說可能是小事，但在我看來就是不負責任！何況他還是副社長！」

「妳也踢得太大力了吧，如果我的小腿明天瘀青怎麼辦！我只是開玩笑，妳幹嘛每次都這麼認真啊！」

我嘆了口氣，垂著眼皮往窗外望，無心介入這場紛爭。

窗外，人來人往的公車站牌下，已不見方偉皓和夏夢柔的身影。

我感到胸口一陣苦澀，喉嚨腫脹的感覺讓我渾身不舒服，林萱和俞書婷的爭吵尚未平息，我卻以想要早點回家準備明天的數學考試為由起身離開現場。

沿路上，我都在思考方才目睹的那一幕。

曾經還想湊合方偉皓和夏夢柔的我，為什麼看到兩人並肩出現的畫面時會感到如此難受？

是我始終沒有認清自己的內心？還是練智遠那天脫口而出的事情真相，讓我發自內心的感到害怕？

最近累積了太多煩心的事，胸口悶脹的感覺越接近家門便越發不可收拾。

「妳回來啦！今天比較早喔！」

狼狽的推開家門，媽媽從廚房探出頭來。

「嗯，今天比較早結束。」我有氣無力地應道。

「是嗎？我今天有煮妳最喜歡的馬鈴薯燉排骨，還炸了紅豆年糕！」

「嗯。」

「等妳爸下班我們就可以開飯，妳先回房間寫作業吧！要開飯了再叫妳。」

「知道了。」

拖著疲憊的身軀，我緩緩推開房門，將書包隨手擱在床頭，仰頭倒臥在柔軟的床墊上。

方偉皓在隱瞞的到底是什麼呢？是去醫院的事，還是為了跟夏夢柔在一起而翹掉隊練的事？

滿腦子都在想著剛剛在醫院門口見到的那一幕。

「但我不是很確定，有可能是我看錯，因為他往婦科的方向走……。」練智遠的話又一次在耳畔響起。

難道說他們兩個人一起去醫院的理由是因為……。

「不可能！不可能！」我煩躁的甩了甩頭，想把這荒唐的想法甩開。

口袋裡的手機卻不合時宜的震動起來。

掏出手機一看到來電人的姓名，我嚇得從床上猛地跳起身。

「天啊！放過我吧。」

本來就已經夠混亂了，當「夏淳宇」三個字出現在螢幕上時，我頓時感到一陣暈眩。

這兩個人是說好一起來找麻煩的嗎？

煩躁的把手機往床頭一扔，我一把鑽進棉被裡試圖讓自己冷靜下來。

夏淳宇的事情還沒解決，方偉皓又給我佈下了難題，偏偏明天又是校內徵選的日子，躲在被單裡，身上那件薄薄的涼被卻讓我感到窒息。

「算了。」一把掙脫棉被的束縛，我決定速戰速決。

我曾從一本書讀到過，一個人平均每天要經歷七十次以上的選擇，然而就在剛剛短短不到五分鐘的時間，我感覺自己已經做了不下十次以上的決定。

鼓起勇氣再一次打開手機，除了未接來電外，這一次還多了一條訊息。

「我在妳家附近的公園，能出來一會兒嗎？」

看到訊息的那一秒，我的內心是極度崩潰的。

自從那件事情發生後，我基本上就沒見過夏淳宇了，他卻在今天毫無預警的約我見面，我完全想不到除了道歉以外，還有什麼事是見面之後能從他口中聽到的。

「媽，我出門一趟。」

掙扎許久後，我還是決定去見夏淳宇一面。

如果這一次我再拒絕的話，這件事情只會越拖越無解。

那不如一不做二不休，假如見了這一面事情就能解決，那也好，煩心的事情能少一件是一件。

「你現在要出門？晚餐呢？」老媽急得從廚房衝了出來，手中的鍋鏟甚至沒來得及擱下。

「我去見一下社團同學，馬上回來。」我頭也不抬的繫緊腳上的鞋帶。

「那妳等我一下，」一聽我要出門見朋友，老媽突然從廚房拿出一個裝了滿滿年糕的透明保鮮盒：「這個帶去分同學一起吃。」

「不用啦！我只去一下下而已。」

況且我是去談判又不是去約會的。

我抵死不肯接過老媽手上的保鮮盒。

「那妳幫我拿上樓去給偉皓吃。」沒想到我媽會這麼說，我愣在原地，一時間不知該作何反應。

最後，我默默接過餐盒，「知道了，我拿去分同學就是了。」

不知道為什麼，在剛剛短短幾秒鐘的時間，我突然意識到，此刻，比起夏淳宇，我更不想面對方偉皓。

相較於夏淳宇唐突的一吻，方偉皓和夏夢柔並肩走在一起的畫面更讓我覺得受傷。

「杜臻臻，妳到底是怎麼了？」沿路上，我試圖摸清隱藏在心底的矛盾。

紊亂的思緒一下全扯成一團，以至於我見到夏淳宇時，遠比自己想像中還要來得淡定許多。

我一眼便認出坐在公園長椅上的夏淳宇，然後一語不發的在他身旁落座。

褪下整潔制服的夏淳宇，換上一件乾淨的白色上衣，那件剪裁俐落的淺藍色牛仔外套，黑色棉質運動褲搭配純白運動鞋，使他整個人看上去更顯修長。

見我什麼也沒說的在他身旁坐下，夏淳宇顯得有些亂了方寸。

我緩緩將手上的提袋放到長椅中間的位置：「這是紅豆年糕，我媽剛炸好的。」

「喔……嗯謝謝。」也不知道過了多久，夏淳宇才結結巴巴地低聲應道。

「那個……。」我們同時開口。

「你先說吧。」又一次的同步，換來尷尬的眼神閃躲。

「找我有什麼事嗎？」

最後，夏淳宇把發言權讓給了我。

「……就要現場直播了，妳最近練習的……怎麼樣？」

雖然不相信夏淳宇特別找來是為了詢問我校內徵選的準備進度，但我還是點點頭配合的回應：

「嗯，這幾天練習的差不多了，應該沒什麼太大的問題。」

然後不出所料，語音方落，寒風便捲著漫天沉默而來，在耳畔來回呼嘯。

「那個……我就直接說好了，那天……。」最後，還是我率先打破沉默。

「那個人是我媽。」夏淳宇卻硬生打斷了我的發言。

「蛤？」

「我說那天我們在捷運站手扶梯遇見的那個人……是我媽。」

像是鼓起很大的勇氣似的，我能感受到夏淳宇語尾的顫抖。

「如果你不想說也沒有關係，我只是想跟你說，那天的事……我不會放在心上，就讓它過去吧。」這是我的真心話，如果真的要讓這件事就這樣過去，我們彼此必須要產生共識。

而不論怎麼想，最好的共識都只能是——裝作什麼也沒有發生過……這樣。

「我媽跟我爸，在我和我妹國小的時候離婚了，」夏淳宇卻像是下定了決心，絲毫不理會我說的話，「她拋棄我們離開家，我妹從那天以後就開始暴食，也許是小小年紀就沒了媽媽心裡覺得寂寞，但又怕我爸擔心，所以把注意力轉移到吃東西上，我爸工作很忙，大部分的時間都是我陪著我妹，那陣子我爸只知道家裡的剩菜剩飯減少了，囑咐照顧我們的管家阿姨多準備一點飯菜、點心，為了不讓我們餓著。只是，不論準備多少，我妹全部都會吃光，我那時候也還很小，什麼都不懂，只是隱約感覺到吃這麼多東西似乎不太正常，所以她吃我就吃，為了不讓她自己一個人把所有東西吃完之後撐著生病。

然後漸漸的，吃東西對我們兄妹而言不再只是吃東西，那是那時唯一能帶給我們快樂的事。」

夏淳宇頓了頓，我沒有打斷他讓他接著說下去。

「慢慢的，我爸也開始注意到我們兄妹很會吃的事情，又碰巧客戶的美式商場有在舉辦大胃王比賽，他就帶著我和我妹去參加，結果我們兩個人在那場比賽中都拿下了冠軍，我爸很訝異，他開始願意利用假日時間陪我們去參加各式各樣的比賽。為了讓我爸開心，我妹變得更努力。

雖然很搞笑，但這確實就是我們開始接觸大胃王的原因。」

我記得夏淳宇口中那場美式商場舉辦的大胃王比賽，也就是我澈底敗給他的那一次。

「我對妳印象深刻。」夏淳宇說。

「老實說，我一開始很排斥，因為覺得我爸只是想討客戶歡心，才帶我們去參加的比賽，但是在那裡我遇到了妳，跟妳比賽很有趣，妳非常地努力，所以讓我也開始產生勝負欲。」

「是嗎……我還以為你不記得我了！」我有些尷尬的笑了一下，原來夏淳宇還記得小時候我們曾經一起並肩比賽的事。

「我還記得，我贏了之後對於獎牌不屑一顧，被妳痛罵了一頓。」

果然，我就知道依照夏淳宇的個性，這種值得記仇的事情，他一定不會輕易放過。

正準備開口反駁，夏淳宇又接著說。

「雖然不知道妳是為了什麼而努力，但是那場比賽後，大胃王這件事對我而言有了另一層意義。」

「什麼意義？」

「是一種慰藉，成為大胃王對我而言是一種慰藉，至少對我而言是這樣。即使我爸帶著我們參加比賽是為了炫耀，但我透過這件事找到了樂趣。在比賽的過程中，感覺是我的意志帶著我行動，我會比任何時候都相信自己。」

我聽著竟有些感同身受，我完全能夠明白夏淳宇話中的意思。

大胃王是一種慰藉啊……。

以前怎麼從來沒這樣想過呢？我曾經還認為大胃王對我而言是一種束縛……。

我抬起頭來，看向身邊的男孩，相較於一開始的緊繃，現在的夏淳宇看起來放鬆了不少。

「我覺得你爸應該不是只是為了炫耀。」我說。

「我見過他在場外為你們加油的樣子，感覺他很……以你們為傲。」

聞言，夏淳宇冷笑了一聲，露出不以為然的表情。

那天在百貨公司地下街，高舉雙手為夏夢柔加油的夏叔叔，臉上洋溢的笑容仍舊清晰，他笑起來跟夏淳宇很像，只是我卻很少在這個男孩臉上，見過這樣的表情。

「總之，是妳讓我想繼續挑戰大胃王，我一直夢想有一天能夠和妳再比一場。」

我想起當初在選幹部時，夏淳宇說什麼都要拉著我一起參與的場景。

「原來是這樣啊。」我都不知道，還以為他只是個沒血沒淚，冷酷無情的怪人。

沒想到，原來他在第一堂社課就認出我來了。

「妳覺得我怎麼樣？」

「蛤？」

當我還沉浸在過往的回憶當中時，夏淳宇突如其來的發言，殺得我措手不及。

「什麼怎麼樣？」

「這幾天我一直在思考，該怎麼為那天的事跟妳道歉，可是我覺得這好像不該是道歉解決的事。」

什麼叫不該是道歉解決的事？啊不然你要負責嗎？我差點驚叫出聲。

事情似乎越來越失控，感覺已經完全偏離正確的軌道，朝著我無法控制的方向發展。

「杜臻臻。」夏淳宇反常的輕聲喚著我的名字。

「我覺得……我好像有點喜歡妳。」

「蛤？」

我訝異的叫聲，估計連十公里外的街訪鄰居都聽得到。

別說我這輩子從來沒有聽過這樣的話了，竟然還能從夏淳宇口中聽到！

我一時語塞，完全想不到適當的回應。

太荒唐了，一向面無表情冷若冰霜的冰山夏淳宇，竟然在這種情況下說喜歡我！

「你真的……不用勉強自己沒關係。」腦袋一片空白的狀態下，我脊背僵直的吐出一句連我自己都感到莫名其妙的話。

感到懊悔萬分的同時，耳畔卻傳來夏淳宇的笑聲。

「現在想想，我當初會加入大胃王社也是因為妳的關係。」

「我沒有要妳馬上給我答案，只是想為了那天的事鄭重的跟妳說一聲抱歉，還有把我的心意告訴妳，我對於那天晚上……。」

夏淳宇接著說。

「停！你不要再說了！拜託……不要再說了。」我站起身來，大聲制止一副泰然的夏淳宇。

本以為夏淳宇見到我的反應後，應當會知難而退，至少該停止這番恐怖的言論，或者表現出不知所措的模樣才對。

但是我錯了……我對夏淳宇的了解還是太淺。
他跟著我一起站起身來，嘴角閃過一抹笑意，緩緩向我靠近。
「停！有話……有話好說，你……不准再靠近我。」我又一次大喊。
但是我注意到，夏淳宇的眼神似乎是落在了我的身後。
「妳那天也沒有制止我不是嗎？在我親妳的時候。」夏淳宇眼神突變，我突然感到一絲畏懼，身體不自覺的往後退。
「你……你到底在說什麼啊？」
「杜臻臻。」
還沒來得及搞清楚狀況，身後響起的聲音讓我瞬間明白夏淳宇態度轉變的原因。
一回頭，就見聲音的主人直挺挺的站在距離我們不到五十公尺的步道上。
我才明白，夏淳宇的那些話根本就不是說給我聽的。
而是出現在我身後的方偉皓。
有別於第一次的火爆場面，這一次方偉皓看上去很平靜，他緩緩踱向我，然後在我身旁停下。
「這個時間，妳怎麼還在這裡？」
方偉皓的聲音充滿警戒，我不確定剛剛夏淳宇說的那些他是否聽到了，我只感覺他握著我的手越發用力。
「我……我準備要回家了。」我語無倫次的答道，手一晃試圖讓方偉皓鬆開握著我的手，只是這一回方偉皓卻絲毫沒有要退讓的意思。

見到這一幕，夏淳宇臉上浮現一抹戲謔的笑。

「杜臻臻，幫我跟妳媽道謝，便當盒我明天洗好還給妳，明天見。」他抬眼輕蔑地對上方偉皓的視線。

「喔……好，明……明天見。」

夏淳宇經過我的同時，眼神和方偉皓在空氣中來回交戰了幾回。

而方偉皓太高了，因此我始終沒有看到他臉上的表情，但從剛才的反應來看，我感覺，他似乎不是很高興。

周圍環繞的低氣壓讓我躊躇許久，好不容易才鼓起勇氣，抬眼望向一旁的方偉皓，也才注意到，他微微側著臉，視線始終落在夏淳宇拎著的透明保鮮盒上。

方偉皓不善於表達自己的情緒，所以此刻我並不完全明白他沉默不語的原因是什麼。

甩開他的手，我們一前一後的走在公園步道上，方偉皓走得很慢，跟在我身後讓我覺得渾身不自在。

終於，我實在忍不住，轉身望向他：「你今天怎麼這麼早回來？不是快比賽了嗎？」其實我更想問，你今天為什麼和夏夢柔一起出現在醫院，內心掙扎許久後還是忍住了。

以我對方偉皓的了解，如果他想告訴我的話，不需要我追問，他也會說的……。

「我……今天比較早結束。」方偉皓抓了抓鼻子。

「是發生什麼事了嗎？」一眼就看出他說謊的我，忍著衝動，按著耐心詢問。

「沒什麼。」方偉皓說。

「那我明天去學校問吳書豪喔！」我試著用輕鬆的語氣說道，想讓緊繃的氣氛稍微輕鬆一些。

「隨便你。」方偉皓看上去卻像在賭氣。

「你到底在生什麼氣啊？」最終，我還是沒有忍住心中不斷竄起的怒火。

「懶得理你，我要先回家了。」

「嗯。」方偉皓撇過頭，輕輕踢了一下腳邊的石頭。

「再見。」

不再與他搭話，我憤憤地轉身大步離開現場。

本來以為今天出來和夏淳宇見一面，之前的矛盾可以迎刃而解，我們回到以前社長和副社長的合作關係，在學校見面也不需要刻意躲藏。

只是沒想到這一見，卻彷彿在貓的脖子上綁了毛線，所有疑問與謊言一陣橫衝亂撞後，全都纏到了一起。

夏淳宇的告白，方偉皓的隱瞞。

一切的一切，都只讓事情變得更加混亂不堪。

第九章

因為妳是神豬啊

隔天，為了提早到學校準備校內徵選的事，我特地起了個大早，準確來說應該是幾乎整夜都沒有闔眼。

昨天和方偉皓在湖邊的爭吵，讓我確認了一件事——方偉皓確實有事瞞著我，而且這件事應該有一定程度的嚴重性。

但我搞不清楚他發脾氣的原因，是因為原本心情就不好？還是因為昨晚見到我和夏淳宇在湖邊的拉扯，心裡感到不是滋味？

還沒理出個頭緒，不知不覺已經走到教室門口。

「杜臻臻妳今天怎麼這麼早？剛剛你們社團的副社長有來找妳喔。」丁宇萱手洗到一半，在走廊旁的水槽邊甩了甩手後，轉身叫住我。

聽到夏淳宇的名字，我心裡沒忍住一咯噔。

整路都在想方偉皓的事，都忘了還有個讓人心煩意亂的夏淳宇。

最近這兩個人搞得我整天心神不寧，再次嘆了口氣，我戰戰兢兢的問道：「他……他有說因為什麼事嗎？」

「我說妳不會這麼早到學校，他就讓我告訴妳，來了之後到老地方找他。然後我問他『老地方是哪裡』，他就酷酷的對我說『杜臻臻知道』，轉頭、走人。」丁宇萱壓著嗓子模仿夏淳宇的語氣，我卻一點也笑不出來。

老地方。如果我理解的沒錯，那就是我和方偉皓的「基地」。

也就是說……他們兩個水火不容的傢伙很有可能會在那裡碰頭。

想到這裡，內心的恐懼誘使我迅速放好書包，一刻也不敢耽擱的往基地狂奔。

途中我也好幾次安慰自己，可能是我理解錯誤，夏淳宇口中的「老地方」跟我理解的不是同一處，但是在我氣喘吁吁的跑到基地門口時，熟悉的身影映入眼簾的那一刻，來時所有的心理建設不過眨眼的時間，便全數化為泡影。

喘著粗氣，汗水沿著額前垂墜的髮絲滑入眼眶，刺得我難以睜開雙眼。

朦朧間，我看到夏淳宇回頭望了我一眼，緩步朝我走來。

「停，停在那裡就好！」我趕忙舉起手，在半空中擺出一個暫停的手勢。

但是想也知道夏淳宇不可能乖乖聽話，雙眼恢復清晰視線後，第一眼看到的就是夏淳宇腳上那雙純白的名牌球鞋。

嘆了口氣，我抬起頭來看著他：「有什麼事能不能別在這裡說?換個……地方吧。」

只是在對上那雙深邃眼眸的剎那，我還是不爭氣的悄悄移開目光。

「反正這裡也不會有人來，不是嗎？」夏淳宇卻表現出一副理所當然的模樣。

雖然一直以來都知道他是個我行我素的人，只不過發生那些事情之後，竟然還能這樣臉不紅氣不喘的……。

夏淳宇果然是個無法用常理預測的人……。

「一大早特別把我叫來這裡……有什麼事嗎？」我嘆了口氣直奔主題，心想夏淳宇總不會一大早就把我叫來這裡抬槓吧……。

「其實也沒什麼特別的事。」

聽到這樣的回答我有些生氣，抬起眼無奈的仰頭瞪著他，「等一下校內徵選我還要跟學生會的人討論直播架設機器的事情，如果你沒什麼事的話我就先走了，還有……」

「這台是直播專用的攝影機、外接顯示器，還有一些相關的器材，今天社團課跟午休時間，可能要讓社團的大家都輪流練習操作個幾次。」

夏淳宇絲毫不介意我板著一張臉，硬生打斷我的話後，從身後拿出一大包從來沒見過的器材。

「如果要跟學生會商討架設器材的事情，我可以跟妳一起去。」

「……」一時間我竟不知該如何回應，因為我沒想過夏淳宇會特別為了社團張羅設備，「這些器材……是哪來的啊？看起來……很專業欸。」

「捷運站附近的攝影器材店借的，我跟俞書婷商量過了，她也覺得可行。」

「俞書婷？那我怎麼不知道今天臨時要改用這些器材做直播？」這似曾相似的既視感，夏淳宇又一次沒有回報給我就擅自做決定。

「對不起。其實當初提議要直播的時候我就有在研究直播器材了，應該要提早跟妳說的，但是這陣子發生太多事情了，我們……又因為……」

「好了，別說了，夠了。拜託你別再繼續說下去，這次就饒你一次，但是下不為例，以後有什麼重大決定還是要先跟我商量一下。」為了防止從夏淳宇口中再次聽到那晚我最想遺忘的畫面，我趕忙出聲制止，以防他繼續說下去。

「我覺得妳可以再多信任妳的組員一點。」

夏淳宇把器材包甩上肩：「我知道身為社長妳有很大的壓力，但是在大家都清楚下一步該做什麼的情況下，有些事情妳可以放心讓底下的人去處理，攝影組做攝影組的事、場務組做場務組的事，在沒有太大幅度的變動下，妳可以不用每件事都親力親為。」

「啊……更換器材還不算大幅度變動嗎？」我無比錯愕的愣在原地。

還沒反應過來，夏淳宇又一次轉身從桌上拎起一個手提紙袋，「昨天的餐盒我洗好了，還給妳。還有……」他頓了頓，「今天早餐剛好多準備了一份，我放在袋子裡，愛吃不吃隨便妳。」

也不等我回應，夏淳宇說完自己要說的，便單手插著口袋酷酷的扭頭走人。

「什麼跟什麼啊，他是中二病吧。」我感到一陣莫名其妙，好奇的翻開夏淳宇遞給我的紙袋，包裝袋上的商標卻讓我忍不住倒抽一口氣，「哇！這間早餐店很貴欸，這……這是厚切培根起司牛肉歐姆蛋堡！」

提著那份夏淳宇「多準備的」高級早餐，我趕在早自習鐘響之前狼狽的回到教室。

「說我管太多！什麼跟什麼？管你是要臨時換器材還是地點，以為我真的愛管啊，還不是每次都不跟我溝通就自己擅自決定。」沿途當然還是免不了對夏淳宇的一陣謾罵。

可眼下我卻連生氣的空檔也沒有，因為前腳才踏進教室，丁宇萱便又一次從身後喊住我。

「杜臻臻，方偉皓剛剛有來找妳喔。」

有沒有這麼巧……

夏淳宇那邊才剛告個段落，緊接著又是方偉皓……。

今天才剛開始沒多久我卻感到渾身疲倦。

「……找我？他有說什麼事嗎？」

「沒有，但是我有跟他說，妳一到學校，就匆匆忙忙跑去找副社長了，我跟妳說……。」

丁宇萱的話還沒說完，我頓時感到一陣天旋地轉。

「喂，杜臻臻妳有在聽我說話嗎？妳的臉色看起來很差欸。」

事情都亂成這樣了，我的臉色能不差嗎？

我揉了揉太陽穴，轉身望向丁宇萱，正準備開口問她方偉皓的去向，就見林萱風風火火的從後門衝進教室，打斷了我們的對話。

「杜臻臻，妳還愣在這裡幹啥，我剛剛才從俞書婷那裡聽到今天的直播設備要換，妳知道這件事了嗎？」

「我剛剛聽夏淳宇說了，怎麼了嗎？」有氣無力的轉身望向林萱，我迫切的希望她能給我喘口氣的機會，只是這一切當然都只是我的癡心妄想。

「搞什麼，為什麼我是最晚得到消息的人啊！負責跟學生會接洽的人是我欸。」林萱看上去不是很高興。

急急忙忙將書包甩在桌上，林萱拉起我的手就是一陣狂奔。

「俞書婷也真是的，做什麼決定都不跟別人溝通一下。」林萱還不知道幕後主使者是夏淳宇，一路上都在責怪俞書婷沒有事先把事情告訴她。

只是讓我們都感到意外的是社團教室內，除了我和林萱之外，大家全都到了，還包含子璇老師跟幾個機動組的高一學弟妹。

「妳們來啦。」練智遠正忙著操作顯示器，見到我們微微仰起頭來打了聲招呼。

「還行嗎？會不會很複雜。機會只有一次，今天真的不能出差錯喔。」林萱強壓怒火，此刻她更擔心臨時更換設備，大家會因為不夠熟悉器材，在正式表演的時候手忙腳亂。

「不用擔心啦，現在什麼時代了，網路直播這麼普遍，設備都簡化很多。」無視林萱的憂慮，練智遠一副老神在在，一切都在掌握之中的模樣。

「說得這麼好聽，你等一下最好就不要給我出trouble。」

「我覺得不會很困難，而且專業度確實比我們一開始的方案好很多。我現在先讓等一下要負責操作的人熟悉一下，妳們可以先去活動中心，通知學生會我們這邊的狀況。」俞書婷的話比起練智遠，確實讓人放心許多。

「真的沒問題嗎？」可林萱還是不放心。

「放心，老師今天也會跟大家一起，我大學雙主修大眾傳播，校內實習的時候上過轉播課，這些器材基本上都還在掌控範圍內，況且你們之後可能都還需要用到這些設備，這次是個很好的機會。」子璇老師一面指導機動組的學弟妹，一面仰起頭來笑著說道。

「好吧。那我再跟學生會討論看看彩排前可不可以讓我們測試一下設備。」比起回應練智遠時的尖銳，林萱的語氣顯得緩和許多。

幸好學生會挺好說話的，彩排前也有預留機動時間，加上夏淳宇跟會長是同班同學，靠著「刷臉」為我們多爭取了二十分鐘的準備時間。

午休時間結束，活動中心陸陸續續湧入參與徵選的人潮，其中當然還是幾個大社最受矚目，尤其是陳敬所屬的熱音社，在後台準備的時候，就頻頻有女同學往後台探頭探腦。

「熱音社主唱帥得太超過了吧！」

「長得好像韓星。」

這是我在彩排期間聽到最多的話。

「徵選都還沒開始，看來熱音社已經先佔去一個名額了。」練智遠看著陳敬身旁圍繞的女同學，感嘆地說道。

「就是說啊，光是那張臉就贏了，真真切切的贏在起跑點。」機動組的學妹跟在練智遠身後附和。

「唉，人帥真好。」

「別難過啦練智遠，這輩子多做點好事，搞不好下輩子站在那裡受歡迎的人就是你了。」林萱不改以往的犀利，裝模作樣地拍了拍練智遠的肩膀，惹得周圍同學又是一陣爆笑。

「大胃王社！你們這裡都OK了嗎？」學生會的活動長跑來與我們做最後一次確認。

直到確認過上台順序，我才開始有了真實感，即使腦袋一片混亂，我還是努力強迫自己冷靜下來。

「如果……今天我沒有在十分鐘內吃完怎麼辦。」冷靜下來後，我看著漸趨忙碌的會場，突然有點緊張。

「不要說這種洩氣的話，妳一定可以的。」俞書婷看上去也很緊張，但她還是強裝鎮定的安慰我。

「好，希望我不會拖大家後腿。」我低著頭默默應和一句。

「不管今天結果如何，結束後大家一起去慶功吧，老師請客。」子璇老師不知道什麼時候繞到我們身後，出聲對著大家說。

當所有人都因為子璇老師的話歡欣鼓舞時，活動中心的大門開始陸續湧進來看表演的同學。

「哇！好多人喔。」

「還有人做應援手幅來欸，會不會太誇張？」

周遭嘈雜的氣氛又一次讓我感受到排山倒海的壓力。

「今天預測大概會有多少人上線看頻道直播？」我轉頭望向俞書婷。

「直播平台還拿不準，但粉專的話我預測至少會有五十個人左右。」

「會到五十個人嗎？」我有點沒把握，我原本預計有十個人看就不錯了。

「我這陣子整理了後台數據的報表，雖然起伏不大，但頻道訂閱人數還有觀看數一直有在穩步上漲，現在大概有兩千多的訂閱人數，社群粉專的粉絲也快突破五百人了，所以我希望粉絲專頁至少可以在最尖峰的時候達到五十觀看。」

「各位同學，大家期待已久的畢業晚會社團徵選活動馬上就要開始了……首先……」

在我和俞書婷交談的同時，第一組上台的吉他社已經抵達預備位置，等待學生會會長開場結束。

「現在就讓我們掌聲歡迎第一組表演同學上台，歡迎民謠吉他社的女神組合，何雨薇、崔珍妮。」

學生會會長話還沒說完，台下便響起如雷的掌聲。

「哇！真的是女神！」

「何雨薇好正！」

見到台下如此熱烈的呼聲，腳底染上的涼意開始往四肢蔓延。

之前沒有想那麼多，但現在我不得不正視現實面……。

「如果等一下上台，台下一點反應都沒有怎麼辦。」諸如此類的想法開始在腦中發酵。

「不會的，不會的。要相信自己，妳可以的，杜臻臻。」

像是精神分裂一樣，為了不讓整個社團的人跟著我一起緊張，我只能不斷反覆在心裡說服自己，即使沒有人為我歡呼也沒有關係，上台後唯一要做的，就是努力在時間內完成挑戰，這樣就好了。

終於，前一組的表演結束。

我站到了準備位置。

「杜臻臻。」

上台前，夏淳宇從身後喚住我。

我顫抖的撇過頭去愣愣望著他。

「十分鐘對妳來說綽綽有餘，像平常練習的時候就好。」

他罕見的朝我豎起大拇指，儘管雙唇仍舊抿成一條緊繃的直線。

望著夏淳宇以及在他身後忙著操作設備的社員們，我用力的點了點頭，在主持人放下麥克風後，走向練智遠提前替我佈置好的舞台。

「社長，加油。」待我坐定位後，練智遠最後調整了一下桌面上的擺設，朝著我眨了眨眼。

「什麼啊？要幹嘛？」

「大胃王社？是新創社團嗎？」

「哈哈哈，是來鬧的吧。大胃王社是有什麼可以表演的？浪費時間。」

「閉嘴啦，感覺蠻有趣的啊。」

我盡可能忽視台下此起彼落的議論，靜靜的等著機動組的同學端上擺滿包子的大鐵盤。

身後的舞台光照得我後頸發燙，台下同學交頭接耳的模樣更是讓人坐立難安，左前方的攝影機閃爍著紅光，我知道機會只有一次，所以儘管心跳得再快，還是拼命想在鏡頭前展現出自信、從容的模樣。

從小到大我都是個在人群中極易被忽略的女生，無論是身材、外表還是腦袋。

但是，只有在吃東西的時候不一樣……。

鐵盤上的蓋子被緩緩掀開，水蒸氣湧出的瞬間，台下再次響起同學們的紛紛議論。

「哈哈，會這麼胖不是沒有原因的啊。」

「求妳別再吃了，舞台都要被壓垮了。」
「哇靠，根本就是神豬！」
「蛤神豬不是應該吃橘子嗎？放包子到她面前幹嘛，普渡嗎？」
有那麼一瞬，我的腦海裡閃過安以翔戲謔的笑臉。
「吃了會胖，根本不配稱作大胃王。」
「又肥又醜，神豬臻臻。」
我有些動搖。
想以大胃王的身分出現在大家眼前這件事，會不會是我想得太簡單了……？
「杜臻臻加油！」
計時開始的同時，一聲宏亮的喊聲劃破喧鬧的活動中心。然後，接踵而至的加油聲伴隨著會場的喧鬧紛紛傳入耳際。
「社長，加油啊。」
「妳可以的，杜臻臻！」
沒錯。我可以的。
杜臻臻，不可以在這種時候退縮。
與過去的杜臻臻不同，這一次無論如何，都必須撐完這十分鐘，我是大胃王社的社長，背後有一群支持我的社員。
至少……在這十分鐘內，不管台下的人說些什麼，我都不可以逃避。

機會只有一次。

我盡可能把注意力放在眼前的包子上，讓咀嚼聲壓過所有戲謔的嘲諷與批評。

可台下那一張張充滿惡意的面孔，還是讓我沒忍住下意識在人海中，尋找那雙堅定的目光。

「杜臻臻！」像是在回應我的徬徨，方偉皓清亮的聲音又一次傳入耳畔。

我找到了他，人群中，他直挺挺的站著，雙手在嘴邊圈成圓弧狀：「還有三分鐘，妳——是——最——棒——的——」

兒時那張圓潤的臉龐與台下那張稜角分明的面孔交疊，跑上舞台替我遮擋所有傷害的方偉皓、始終挺直腰桿不畏他人目光的方偉皓，在我遭遇尖銳言語的同時，我終於看清，他眼裡流瀉的，除了不願讓我動搖的堅定以外，還有滿溢的不捨，我彷彿看見扯著嗓子吶喊時於他眼角流淌的不安。

如果我是方偉皓，我能有這樣的勇氣嗎？

望著台下站得筆直賣力嘶吼的男孩，我噙著淚，一口氣將手中最後一大半包子塞入口中，趕在計時器鈴響之前奮力嚥下。

台下陸續傳來稀落的掌聲，然後響聲越來越大、越來越大。

可我不再留意台下同學臉上的表情，倏地站起身來，朝著台下深深一鞠躬，緩緩地走下舞台。

「臻！妳真的太棒了。」林萱率先走向我，給我一個大大的擁抱。

俞書婷臉上也掛著微笑，只是上揚的嘴角似乎有些僵硬。

「直播進行的都還順利嗎？」擔心是效果不彰，我戰戰兢兢地望向她。

聞言，俞書婷臉上再次漾起一抹微笑：「觀看人數跟預想的差不多，妳做得很好。」

「不管結果如何，這都是一次很好的經驗。」子璇老師在一旁附和。

「就是說啊，社長妳應該又破紀錄了，看來放學的魔鬼訓練有效喔。」練智遠笑著抱起一團線圈從我身邊經過。

舞台上的表演持續進行著，俞書婷走到林萱身邊低語了幾句，途中還多次將目光轉向我的方向。看著一臉為難的林萱，不祥的預感開始在心裡蔓延。

「怎麼了嗎？」

「臻，妳今天辛苦了。子璇老師說晚上請大家吃燒烤。」

「真的嗎！太好了，」知道林萱還有話沒說，我笑著點了點頭示意她繼續往下說。

「那個……。」

林萱欲言又止，重重嘆了口氣後，抬起眼來迎上我充滿疑問的目光。

「今天的直播真的進行得很順利，只是……留言區有點……妳知道的，網路世界本來就比較……比較……那個一點……。」

也許是我的理解力不夠好，愣在原地許久，才終於意識到讓林萱這麼為難的原因。

從林萱手中接過手機，畫面停在一個陌生的介面，那是直播平台的直播頁面，伸出手，我顫抖的往留言區滑動。

「這個女的真的很誇張欸，是不是沒有照過鏡子啊。」

「我靠，沒有見過這麼肥的大胃王。」

「如果會胖，這樣就不能叫做大胃王了吧？」

「不是不能，是不配。」

「已檢舉，吃相好噁。」

「不會啊，我覺得蠻療癒的。胖胖的很可愛啊。」

「這又是什麼高中屁孩想學人家當直播主賣肥肉的頻道，醜女。」

「我不想看胖子吃東西。」

「無惡意。為妳的健康著想，以後最好不要再這樣吃東西了，包子都是澱粉。」

雖然其中也不乏鼓勵的留言，但留言區確實如林萱所說的……慘不忍睹。

我僵著身子站在原地。手指卻無法停下，不斷地往下翻閱留言。

林萱一直很想從我手中奪回手機，雙手在我的肩膀上來回游移。

周圍人聲嘈雜，可後台依舊還是有不少人察覺到我們這裡的動靜，頻頻轉過頭來觀望。

最後，俞書婷出現一把搶下我手上的手機，「不要管這些酸民，往好處想，這也是另類的頻道宣傳。」

「喂，妳怎麼可以說這種話啊。」林萱不滿的怒視著她，「不要雪上加霜好嗎？」

「沒關係啦林萱。」我伸出手來拍拍林萱的肩膀，一面從俞書婷手中拿回手機。

忍著想要放聲大哭的衝動，我一把掐掉手機畫面，留言什麼的對我來說都不重要了。

「對不起……。」我說。

林萱被我的反應嚇傻了，愣在原地頻頻望向俞書婷。

「大家都這麼努力，卻因為我的關係，害所有人的努力通通白費了。」

也許今天代表上台的人根本就不應該是我，應該讓長得好看有觀眾緣的人來，而不是我這個其貌不揚的胖子。

「天啊，這怎麼會是妳的錯……。」林萱扶住我的肩膀，「是那些人什麼都不懂。」

「我出去一下，妳們不用管我。」掙脫林萱的手，我輕輕扯了扯嘴角，淡淡的說。

「我跟妳一起去。」林萱的聲音在身後響起。

「喂，妳別跟了。讓她一個人冷靜一下。」俞書婷在身後用氣音制止了她。

撇開林萱，我用最快的速度推開活動中心的大門，沿著階梯直奔而下。

想逃。

好想消失。

看到留言的那一刻，沒有任何情緒，就只是——很想逃，而已。

真的……一刻也不想留在那裡。

是我沒有自知之明，以為只要我夠有熱情，總有一天也可以被大家理解。

可是我忘了自己長得不夠漂亮、不夠瘦，不夠格以大胃王的形象出現在大家眼前。

明明委屈的就快窒息了，眼角卻連一滴眼淚也擠不出來。

明明就不是第一次經歷這樣的事，為什麼這一次卻有種心被撕扯粉碎的感覺……。

是不是我從開始的第一步就走錯了？

「臻臻！我們被選上了。我們社團可以在畢業晚會上表演了！都是妳的功勞。」

就連收到林萱傳來的訊息，我也感受不到任何一絲喜悅。

大家只是因為想看笑話，才投票給我們的吧。

趕在人潮湧出活動中心之前，我搶先一步回到教室收拾好書包。

之前從來沒想過自己會翹課，經過警衛室時，警衛叔叔甚至根本沒發現我走出校門，翹著二郎腿仰躺著在藤椅上打瞌睡。

也不知道出了校門以後能去哪。我就只是一個勁兒的往前走，滿腦子都想著快點逃離學校，躲得遠遠的。

恍惚間，我走進小時候很常和方偉皓一起來的公園，行經路口時卻差點和一輛煞車不及的自行車撞個正著。

手腕染上的暖意，讓我意識到有人從身後穩穩接住了我，「方偉皓？」

大腦第一個閃過的是方偉皓的臉，可回頭一望對上的卻是夏淳宇一雙深邃的眼睛。

「啊？」我驚叫出聲。

我不明白夏淳宇是什麼時候跟過來的？

「從妳跑出活動中心，我就一直跟在妳後面。只是，妳似乎不太希望跟來的人是我。」夏淳宇一眼便看穿我的疑惑，還不忘酸酸的補了一句。

眼下我實在無法顧慮他的心情，手一甩，逕自朝著公園內走去。

夏淳宇靜靜跟在我的身後，隨著我一起來到公園盡頭的遊樂場。

我隨意挑了一張沙坑旁的長椅坐下，看著不遠處開心玩著溜滑梯的小朋友發呆。

夏淳宇沒有出聲，默默在我身旁坐了下來。
「唉。」我嘆了口氣，轉頭盯著他的側臉：「你為什麼要跟過來？」
「我也想翹課，不行嗎。」遲疑了幾秒，夏淳宇說。
「你是害怕我做什麼傻事嗎？」
「我沒有這樣說。」
「我真的沒事，所以，你能不能……讓我自己一個人待著。」嘆了口氣，我將視線從夏淳宇身上移開。
「不能。」無視我的意願，夏淳宇絲毫沒有要起身的意思。
知道夏淳宇不會輕易的離去，索性我也不再堅持，靜靜的靠在椅背上望著行經的路人發呆。
午後的公園，身著制服的我們顯得極其突兀，也不知道過了多久，夏淳宇突然側身轉向我，徐徐吹來的微風掃過他略顯猶豫的側臉。
「經營頻道的事情……」薄薄的唇瓣微微輕啟，「要不還是……放棄吧。」他說。
宛若一把利刃突如其來的刺穿胸口，夏淳宇的身影逐漸朦朧，我用近乎嘶啞的聲音問：「為什麼？」
「妳明明也知道原因的，不是嗎？」雖然夏淳宇的語氣平靜得像是在講一件與我無干的事，卻讓我感覺被誰硬生撕去一塊好不容易就要癒合的疤。
我激動的全身顫抖，握緊拳頭的手擺在膝上壓出一圈淺淺的印。
「我不會放棄……要放棄，你自己放棄。」

沙啞低沉的聲音從腫脹的喉嚨滾出，連我自己也嚇了一跳。

「被說的這麼難聽！妳也無所謂嗎？」夏淳宇漲紅著臉，語速隨著激動的語調跟著急促起來。

「被說的人又不是你！你從來就不知道這是什麼樣的感覺，也不知道我到底付出了多少努力！一句放棄，所有的事情都可以解決了嗎？你能保證之後那些人可以不再因為我的外表嘲笑我了嗎？」我朝著夏淳宇咆哮。

我心裡明白，我不是真的生他的氣。

只是他如此輕描淡寫地講出了我心底最不願被人看穿的部分，讓我感到很難為情。

「杜臻臻，放棄吧。」

看到那些留言的時候，這確實是我腦海裡響起的第一個聲音。

我沒有勇氣坦白的真心，被夏淳宇一眼識破了。

「讓我一個人待著，別管我可以嗎？拜託你。我是真的想一個人靜一靜。」我用近乎懇求的語氣乞求道。

眼看我不打算接受他的忠告，夏淳宇沒有說話，只是嘆了口氣緩緩站起身來，「我是覺得……我們可以走到這裡已經很了不起了，妳如果堅持不想放棄的話，以後還是把留言區關了吧，不然不管誰看到那些話，心裡都不會舒服。」

留下這段話，夏淳宇便頭也不回的轉身離去。

望著他離去的身影，我再也守不住眼眶裡積聚的淚水，雙手抱膝，將腦袋埋在膝上放肆的哭了起來。

我承認夏淳宇的話一點錯也沒有，我也不是沒有考慮過就此打住，可是這一路走來經過多少波折，大家都一起挺過來了，為什麼最後我卻還是過不了自己這關？不管告訴自己多少次要堅強，不要被別人影響，但我還是受傷了。我還是做不來視而不見、充耳不聞，說到底，還是我太高估自己了。

也不知維持這樣的姿勢在長椅上坐了多久，待我再次睜開眼，天色已然轉黑。抹了抹臉，從書包裡翻出外套披上，書包裡的手機惹眼的亮了幾下，我卻無心理會，站起身來打算回家。

還沒走到公園出口，便看到一抹熟悉的影子朝我晃來。

「妳都不看訊息的嗎？」俏皮的女聲響起，我一抬眼便看見穿著制服的夏夢柔。

「夢柔？」見到夏夢柔出現在公園，我有些訝異。

「妳們社團的同學說是要在學校後門的燒烤店慶功，妳不去嗎？」

「我身體不太舒服，想回家休息，抱歉。」我低著頭不敢直視夏夢柔的眼睛，就怕剛剛哭過的事被一眼看穿。

「我是特別繞過來找妳的，林萱找我一起去慶功，我卻聽我哥說妳自己一個人待在公園，想說乾脆來碰碰運氣，沒想到真的遇見妳了。」

「找我？」沒想到夏夢柔會因為夏淳宇一句話特別跑來公園，我訝異的抬起頭來望著她。

「嗯，特別放著烤牛舌不顧特地來找妳的呦。」夏夢柔對著我調皮的眨了眨眼，「妳可是社長欸，社長不在，那慶功宴多沒意思啊。」

「我真的不想去，妳幫我跟子璇老師還有林萱說聲抱歉，就說我身體不太舒服。」我虛軟無力的回應道。

「真的不去？我還跟大家說，我一定會把妳帶過去的呢。」

「嗯……對不起。」

「好吧，既然妳這麼不想去，那就不勉強妳。我是第一次來這個公園，妳陪我走一小段可以嗎？」夏夢柔一把勾起我的手，親暱地說道。

我嘆了口氣，點點頭算是答應陪她在公園裡走走。

沿路上我一語不發，都是夏夢柔一個人在說一些不著邊際的話。

見我一直沒有反應，夏夢柔說著說著索性也跟著沉默了。

沿著平靜的湖面繞圈，也不知走了多久，夏夢柔才又一次開口：「我哥是不是跟妳說了什麼惹妳不開心的話？」

我沉默著，搖了搖頭。

「我哥比較不善於表達，我也很常被他氣個半死。」夏夢柔語帶笑意，似乎並不覺得困擾。

「感覺你們兄妹感情很好。」

「一直以來我都是單方面被照顧的那一方啦，」夏夢柔笑了笑：「我國小、國中的時候被同學欺負，都是我哥跑來把那些欺負我的同學趕跑的。」

「被同學欺負？」

夏夢柔被我的反應惹得笑了出聲，「怎麼，我看起來是不會被人欺負的面相嗎？」

「不是……只是……為什麼啊？」我百思不得其解，我以為像夏夢柔這樣的漂亮女生，求學路上應該會是一帆風順，備受老師、同學的喜愛才對。

「我小時候以為是因為我講話太直接很容易得罪別人，所以才總是被討厭、被針對。也許是因為從小爸媽就不常在身邊，所以我一直是個比較沒有自信的小孩，」夏夢柔說著淺淺地笑了一下，「我試過很多方法去討好那些討厭我的人，反正爸爸給的零用錢很多，我便四處請同學到福利社吃東西，結果最後身邊沒有一個人是真心對我好，大家都只是想讓我花錢。」

「怎麼會這樣？」

「最後，我還是不知道那些人不喜歡我的理由到底是什麼。只是我用盡全力想讓大家認同我、喜歡我，跟我當朋友，結果卻把自己搞得越來越不快樂，然後我就生病了。」

「生病了？」

「嗯。生病了。我在國中的時候得了憂鬱症。」

夏夢柔突如其來的沉重告白，讓我有些不知所措。

我不知道夏夢柔為什麼會突然對我說這些，我只慚愧地發現，一直以來我就跟那些用外表判斷我的人一樣，不經理解，就自以為是的用外表隨意給人貼標籤。

「我不敢讓我爸知道，畢竟他工作很忙。陪在我身邊的人就只有我哥，對我來說我哥他比起哥哥更像是爸爸。他經歷過我最負面、最低潮的一段時間，可能就是因為這樣，才導致他比任何人都還要更害怕身邊的人受到傷害，所以……如果我哥跟妳說了什麼讓妳感到不舒服的話，也請不要怪他……。」

夏夢柔頓了頓，似乎在等我回應。

「我知道他沒有惡意，沒事的，我沒有生他的氣。」我尷尬的笑了笑，低著頭回應道。

「那就好，自從他加入大胃王社之後，我覺得他變得比之前開朗許多。」

「是嗎？」我不是很了解夏淳宇之前的狀況，反倒是夏夢柔剛才說的那些讓我很在意：「那……妳的狀況現在有好一點了嗎？」

夏夢柔愣了幾秒才聽明白我話裡的意思，白淨的臉上染上一抹淡淡的紅暈：「積極治療跟找到生活樂趣之後好很多了，現在也不太需要依賴藥物。」

「生活樂趣是指參加大胃王比賽嗎？」

夏夢柔輕輕搖了搖頭：「吃東西當然也很快樂，但是最大功臣應該還是要歸功於方偉皓吧。」

「方偉皓？」

讓夏夢柔不藥而癒的人是方偉皓？

「其實，從第一次在百貨公司地下街看到他的時候，我就被他義無反顧衝上台替妳摀住耳朵的樣子吸引了，但那時候年紀還小，漸漸的我也就忘記這件事。直到國中的時候，我聽鄰居阿姨說他兒子要去打籃球比賽，希望我跟我哥可以到場替他撐個場面，那個時候我才又一次見到了他，以球員和粉絲的身分。」

夏夢柔說著臉上漾起一抹幸福的微笑，看得出來她是真的很喜歡方偉皓。

「在球場上我見到了全然不同的方偉皓，即使輸球了也依然很有風度，從那次開始只要有他的比賽我就一定會到場。」

「原來是這樣啊。」看著夏夢柔沉浸在回憶中的模樣，我腦海裡突然浮現那天在醫院門口見到她和方偉皓身影的事。

「其實……」我猶豫了許久，還是決定問個清楚。

「我昨天看到妳跟方偉皓在學校附近醫院的大門口……。」

「什麼？妳看見啦！」夏夢柔瞪大眼睛，有些不可置信的模樣。

「如果真的不方便說也沒關係，是我不應該太好奇的。」

「真的只是好奇而已嗎？」

聞言，夏夢柔微微仰起頭，瞇起眼睛望著我。

「畢竟……多少……還是有點擔心……所以……。」

「妳知道嗎，臻臻。其實我有時候很嫉妒妳。」夏夢柔打斷我的話。

「嫉妒我？像我這樣的人，有什麼好嫉妒的？」我不解。

「我從來就不是拐彎抹角的人，」夏夢柔頓了頓，上揚的嘴角微微抽動了幾下：「我是喜歡方偉皓，但是我知道他是不可能會喜歡我的。雖然我也不是沒想過當個橫刀奪愛、挑撥離間的壞人，讓妳誤會我跟方偉皓的關係也好，因為這樣跟方偉皓產生嫌隙也罷，但是最後我還是決定不這麼做了。」

「啊？」我一時語塞，夏夢柔的坦率讓我突然覺得很慚愧。

「我昨天確實是和方偉皓在一起沒錯。但是……我不會告訴妳原因。」

說著，夏夢柔停下腳步。

「這一次就讓我壞心一回。昨天那件事是我跟偉皓的祕密。如果妳除了好奇以外還有其他顧慮的話，就自己去找他問個清楚吧。」

我也跟著停下腳步，抬眼望向那雙清澈的眼睛。

「希望下一次見到妳是在決賽的觀眾席上。」最後，夏夢柔在公園出口這樣對我說。

決賽的觀眾席上啊……。

比賽前我曾答應過方偉皓至少去看他一場比賽的，沒想到他們都挺進最後一回了，我卻一次也沒有出現過。

無視林萱打來的電話，我垂頭喪氣的朝著家裡的方向走。

儘管夏夢柔在離開前仍然試著想說服我，但我還是決定婉拒。

我不想勉強自己在該要歡樂的場合強顏歡笑，我也知道大家一定會為了顧及我的心情多花許多心思，既然如此，那還不如各自冷靜一下。

今天的回家路感覺特別漫長，當我終於看到家門前的那棵老樹時，圍欄旁身形高挑的男孩也碰巧看見了我。

他沒有喚我，就只是靜靜的倚著圍欄，低下頭撓了撓鼻尖，似乎很確定我一定會走向他。

「你在這裡幹嘛？」而我也確實走向了他。

「等妳。」

「你就這麼確定我會這個時間回家？」

「我不確定，我已經等了一個多小時了。」

「方偉皓，你真的是人才啊。」我搖了搖頭，覺得好氣又好笑。

「林萱說大家放學要吃慶功，可是聯絡不到妳，所以……我就先回家等妳。」

看來又是一個要勸我參加慶功宴的人。

嘆了口氣，我微微聳了聳肩：「你可以在你家等啊，在門口等我有什麼重要的事嗎？」

「我今天早上有去妳們教室找妳，丁宇萱跟我說，妳一到學校就去找夏淳宇了……。」提到夏淳宇的名字時，方偉皓臉上閃過一抹奇怪的表情。

「嗯，他找我討論社團的事情。」我冷冷的回應道。

「妳喜歡他嗎？」方偉皓的聲音聽起來悶悶的，像是在賭氣。

「你特別在這裡等我一個多小時，就只是為了問我這件事嗎？」

「嗯，我很想知道。」沒想過方偉皓會回應得如此乾脆，愣在原地許久，最終，我只默默回了一句，「你想多了。」

聽了我的回答，方偉皓沉著臉沒有說話，我不想繼續這個話題，緩緩走到他身邊為我空出的空位，「倒是你，這幾天都不用練球嗎？」

我的話卻宛若丟入湖裡的石頭，空氣隨著方偉皓的沉默逐漸凝結，「你不想說的話也沒關係，我不會再逼你。我今天很累了，想先回家了。」

嘆了口氣，我轉身準備上樓。

「是因為今天校內徵選的事嗎？」方偉皓卻突然從身後拽住我的衣角，即使沒有回頭，我也能想像那張稜角分明的臉上掛著的會是什麼樣的表情。

我想起今天方偉皓站在台下扯著喉嚨為我加油的模樣，在幾百張充滿惡意的臉譜中，只有方偉皓始終堅定的給我勇氣，不管是以前還是現在，他始終是我最堅強的後盾。

「妳之後打算怎麼樣？」

見我沒有回話，方偉皓接著問道。

也不知道林萱到底跟他說了什麼，從方偉皓的反應來看，他應該什麼都知道了。

「嗯。」我苦笑了一下轉身看向他，「我也不知道該怎麼辦了。」

我頓了頓，「你覺得我應該怎麼辦呢？」

方偉皓沒有說話，只是靜靜的望著我。

「社團的同學讓我放棄，他說這條路不可行。」我試著讓自己在說這些話時看起來輕鬆一些，卻還是沒忍住語尾的哽咽。

如果方偉皓也勸我放棄的話，是不是代表我真的應該放棄了呢？

如果方偉皓也讓我放棄，那麼我會心甘情願的放棄嗎？

在方偉皓沉默的這段時間，我的腦袋一片混亂，老實說，我不希望方偉皓太快給我答案，我怕我現在的狀態無法承受又一次的打擊。

「嗯。」時隔許久，方偉皓終於緩緩抬起頭來，我屏住呼吸靜靜等候他的回應。

「我剛剛去買了章魚燒。」

出乎意料之外的一句話，讓我禁不住破涕為笑。

「我說我要放棄，你跟我說你買了章魚燒？」

微微蹙起眉頭，我佯裝生氣的瞪了方偉皓一眼，心裡卻感覺放鬆不少。

「妳想現在吃嗎？只是應該有點涼掉了。」沒有回應我的疑問，方偉皓笨拙地從手中的紙袋裡掏出兩盒帶著水氣的章魚燒來。

「方偉皓，你真的是人才啊。」接過他手中的紙盒，我又一次被眼前荒唐的景象給逗笑。

「你今天不會是翹掉隊練，特別跑去排的章魚燒吧。」

「今天不用練球。」方偉皓說著，輕輕地撓了撓鼻子。

「少來了。」雖說一眼就看出他在說謊，我還是決定不戳破，捧著兩盒章魚燒，轉身準備進屋：「我回家弄熱了再吃，謝啦。」

「不要放棄。」

只是才剛邁出第一步，方偉皓的話卻像是黏性極強的強力膠，將我牢牢的粘在原地。

「如果妳不想放棄，那就不要放棄。」方偉皓說。

我回過身去，愣愣的望著他。

方偉皓一雙疲憊的眸子裡透著淺淺微光，在澄澄月光的俯照下宛若兩瓣初融的冰晶。

「不會每個人都理解妳。所以那些不了解妳的人說的話不要放在心上太久。」

有那麼一瞬，我感覺自己體內的所有情緒全湧至了眼眶，皺起鼻頭好不容易才堅持住，可方偉皓卻絲毫沒有要放過我的意思，緩緩踱向我。

無奈我兩眼朦朧，無法看清他臉上的表情。

方偉皓總是一眼就能把我給看透，無論是現在還是過去，他站到我面前，將手輕輕擺到我的肩上，雖然一語不發，卻讓我發自內心的感到無比的安心。

「被說成這樣，大家都叫我死心。……你還讓我不要放棄嗎？」我哽咽著輕聲問道。

只見方偉皓清淡的眉眼染上一層淡淡的薄霧，他使勁，我一個踉蹌，被攬進那鍛鍊結實的懷裡。

雖然我一向明白，方偉皓總是能在我情緒最失控的時候，無聲無息，穩穩地接住我，可惟有這一次，這樣的感覺尤其強烈。

「別害怕，也不要逃避。我知道真正的妳有多麼努力，所以一定會有人跟我一樣看到妳的努力。」方偉皓的氣息染上耳梢，稍嫌急促卻很溫暖：「雖然過程不會太輕鬆，但是……我保證，在妳需要的時候，我會……每次都帶著章魚燒來陪妳。」

雖然不是多漂亮的安慰人的話，不知怎麼地卻一掃我心底所有不好的情緒，爆笑出聲的瞬間，我感覺好像又找回了原先的自己，找回了建立大胃王社的初心以及開始經營YouTube的初衷。

月光映著我和方偉皓的身影在地上拉出兩道一高一矮的影子，方偉皓輕輕鬆開環抱著我的手，我卻感覺到，有股不尋常的情緒悄然在我心頭蔓延、擴散、發酵——

第十章
不要叫我大胃王

「早啊。」一早到學校，我就被不知道從哪裡冒出來的林萱攔截，神祕兮兮連哄帶騙的帶到社團教室。

昨天翹課後，一股腦兒接連碰到夏淳宇、夏夢柔、方偉皓，本來以為這三個人的一番安慰就足夠讓我躲在被子裡痛哭一整晚，沒想到走進社辦，讓我意想不到的劇情才正要開始上演。

只見社團教室裡聚滿了大胃王社的社團成員們，就連子璇老師也在場，一見到我走進教室，燈一關，講台前的投影幕開始播映社員們的影像留言，雖然看得出來是匆匆拍攝的，但背景和剪輯卻都很講究。

「雖然我胃小，一點也沒有身為大胃王的天份，但是我還是很開心加入大胃王社，認識大家，沒想到竟然還可以成立自己的 YouTube 頻道，這是在其他社團都不可能會有的經驗。」練智遠的身影出現在投影幕上，難得見他露出有些羞澀的模樣，或許是第一次這樣發表入社感言，讓他感到很難為情吧。

「很開心認識了一群志同道合的朋友，我不太擅長表現自己，以前也都選擇參加比較安靜的社團，加入大胃王社以後，我才發現自己其實很喜歡團隊合作的感覺，很喜歡跟大家一起衝刺，很青春也很熱血。」俞書婷也罕見露出羞澀的微笑。

「加入大胃王社的原因，其實是看了社長吃迴轉壽司的影片，那天我原本因為期中考考砸了很難過，可是看到影片之後卻莫名覺得被療癒了，數學不及格就不及格唄，反正已經這樣了，高中生活還能糟到哪去？」高一學妹對著鏡頭吐了吐舌頭淺淺一笑，台下此起彼落的揶揄聲響起。

「屁咧！哈哈哈，沈孟欣妳這個狗腿妹。」

「結果期末數學還不是又考不及格。」

只見被喚作沈孟欣的女孩漲紅著臉，扯著喉嚨跟一旁的朋友打鬧到：「靠，真的啦！我真的是被社長療癒到才入社的齁。」

在台下笑作一團的同時，投影幕上出現了子璇老師纖瘦的身影。

而後，溫柔甜美的聲音響起：「或許，這個學期下來大家會覺得很好奇，一個音樂老師到底為什麼撇著其他音樂社團不理，偏偏要擔任大胃王社的指導老師。」

「就是說啊！」

「對啊！為什麼啊？」

練智遠跟幾個同學開始跟影像裡的子璇老師對話，惹得台下又是一陣爆笑。

「大概六、七年前，我還只是快要畢業的音樂系學生，雖說是音樂系，但我因為家庭因素沒有辦法和其他同學一樣專心念書，接了兩份工作才足夠我負擔生活和學習，其中一份工作是百貨公司諮詢臺，因為時間彈性很符合我的需求，工作內容也很單純，除了偶爾支援活動以外，大部分的時間都在櫃檯待命。」投影幕上，子璇老師偏著頭回憶：「大四那年，我其實非常迷茫，班上有天份又有背景的同學，有的申請到國外的研究所、有的獲得巡迴演出資格，甚至有些人小小年紀便擁有舉辦個人演奏會的資本以及能力。而我卻連自己畢業後可以做什麼都不知道，那一年很多時間都在想著放棄，我知道自己的天份不像其他同學那樣，更不可能再有一筆錢讓我繼續進修。

然後在我最迷茫的時候，照顧我長大的奶奶不巧住院了，除了負擔生活以外，一下又多了一筆不小的費用，我甚至已經決定要就此放棄音樂，一畢業就到百貨公司上班，至少薪水穩定，升遷也快。直到某一次公司舉辦了一場親子大胃王比賽，我印象非常深刻……。」

子璇老師說到這裡，我腦海裡突然浮現一個模模糊糊的畫面，好像有什麼被我遺忘了很久的事，在那一瞬間悄悄浮出腦海。

「我負責其中一場比賽的選手帶位，看到一個年紀很輕的小女孩沒有父母的陪伴，自己一個人來到會場，那時候我就想『到底是要多喜歡，才可以這麼勇敢』我特別留意小女孩上場的時間，我記得，比賽開始沒多久，台下幾個調皮搗蛋的小學生對著她喊了很多好難聽的話，看得出來小女孩的情緒受到了影響，可是不知道為什麼我卻在心裡不斷為她加油『妳可以的！不要放棄！不要放棄！』說是在為她加油，但現在想起來或許是在替我自己加油。那場比賽很有趣，大家都在笑，可我卻沒忍住在場邊哭了。那個時候我瞬間明白，我心裡其實一點都不想放棄音樂，是那場大胃王比賽改變了我的選擇，我辭掉百貨公司的工作，在家裡附近的音樂教室找了一份鋼琴老師的工作，因緣際會下遇到了一個朋友鼓勵我去修教育學程，而後非常幸運的考上高中老師，在這裡遇到了你們，這就是我選擇大胃王社的原因。」

子璇老師說話的過程中，那年在百貨公司地下街比賽的場景，又一次浮現腦海，我知道我就是老師口中的小女孩，卻不知道，原來，當年我堅持下來的那場甚至沒有贏得勝利的比賽，卻是改變老師一生的記憶片段。

「我不會放棄的。不管是我們的頻道還是大胃王社。」

既然早就知道這條路會有波折，那麼唯一可以讓我放棄的就只有：「我不想繼續堅持。」這一個可能性而已。

對抗流言蜚語的方式，唯有盡量不把那些惡意重傷的留言放在心上，接受對於影片內容的建議、無視無理的謾罵批評，然後——更相信自己。

「拿，特別好的位置，好不容易才幫妳換到的。」吳書豪拿著一個信封驕傲的在我眼前揮來晃去。

「謝謝啦，改天請你喝飲料。」我感激地接過信封，打開來朝裡面望了一眼。

「飲料是一定要的。不過，拿個決賽門票而已，妳幹嘛這樣偷偷摸摸？」

「噓，我想給方偉皓一個驚喜。」

「喔——這麼有情調，隊長真幸福。」吳書豪又開始皮癢，在我準備狠狠朝他結實臂膀獻出一拳之際，他接著又說：「不過隊長不知道能不能挺過決賽，這次決賽對上成安高中，老實說我有點擔心。」

「擔心？」我聽得一頭霧水：「挺得過挺不過又是什麼意思？」

只見吳書豪臉上閃過一抹心虛的微笑。

「啊，沒什麼。只是成安高中已經連續拿了好幾年的冠軍，我覺得這場比賽不會太好打就是了。其實……真的不用擔心啦，他可是鋼鐵人方偉皓，更何況還有我這麼可靠的中鋒搭擋，身為三中雙塔，一定讓妳跟冠軍獎牌合照一張。」

「你少來，你別凸槌砸到自己隊友就行。」

「欸，都幾百年前的事了，現在還拿出來講太不夠意思了吧。」

雖然知道吳書豪試著避重就輕，但我還是看出了他話中有話。只是說到成安高中，更讓我擔心的是，那正是安以翔所在的五連霸名校，連續五年都奪得冠軍寶座，擁有超強教練以及精挑細選的精銳球員，而當初方偉皓正是間接因為我的緣故，回絕了成安高中的邀請轉而選擇第三高中，碰上這樣的債主隊，想必方偉皓的心裡勢必不會太寧靜。

偏偏賽前我又有好一陣子都遇不上方偉皓，但多虧這一段賽前空白讓我意識到——方偉皓在我心裡的位置，與過去似乎有那麼一點點的不一樣。

不是很想承認，卻又不得不承認，也不是沒想過壓抑這份感情，但我開竅得太晚，意識到究竟是怎麼一回事的時候，想回收的，卻早已收不回來了。

「我還以為妳會選夏淳宇，沒想到最後還是屬於青梅竹馬的勝利。」林萱可憐我沒吃到子璇老師砸重本請客的慶功宴，難得闊綽提議請我和俞書婷吃學校附近的平價自助餐，沒想到才剛落座不過三秒，我嘴巴裡的冬瓜茶差點被她嚇得全噴在俞書婷臉上。

「喂！心虛也別波及旁人好嗎？」幸虧俞書婷閃得快，一臉不滿的抽了幾張衛生紙擦拭桌面。

「是我的問題嗎？」我覺得好委屈。

「是啊。」沒想到她們倆個卻難得默契的同時點頭。

好吧。我確實已悄悄在心底做了選擇，我承認——我有點喜歡方偉皓。

雖然一開始有些抗拒，畢竟是從小一起長大的青梅竹馬，但人心確實是個難以捉摸的東西，自從意識到方偉皓對我來說已不再只是一起長大的玩伴，回頭回憶過往的那些，卻又總是發現，這樣的情感似乎一直留有痕跡，就像循著蜜糖前進的螞蟻，或許從那場地下街的大胃王比賽開始，方偉皓對我而言，便已是個特別的存在了。

總決賽的會場萬人空巷，我與夏夢柔約好在入口處見面，沒想到夏夢柔沒來，等來的，卻是夏淳宇。

「你怎麼來了？你妹呢？」我有些不知所措，畢竟這兩張門票是夏夢柔千拜託萬拜託，我才跑去找吳書豪換來的。

「我妹跟朋友去看電影了，她說妳為了她特別換了兩張票，讓我替她來。」夏淳宇依舊板著一張臉，雙手卻不安的在胸前來回交握。

夏夢柔怎麼可能會忘記今天是總決賽，還跑去跟朋友看電影？我急忙想拿出手機撥通夏夢柔的電話，只是才點開螢幕，便看到一條不久前傳來的訊息：

堅持同一個嗜好太久，我也該培養其他愛好了。（我知道我哥機會不大，但還是希望妳能給他個機會，拜託妳了，畢竟對我來說他是全世界最好的哥哥。）

關掉手機，我重重嘆了口氣，從口袋裡拽出裝有球賽門票的信封遞給夏淳宇：「既然來了那就走吧，比賽快開始了，我朋友幫我搞來的門票，特別好的位子。」

夏淳宇一時沒反應過來，呆在原地許久，直到看到我邁開腳步才一語不發的跟了上來。

距離比賽開始只剩不到十分鐘，球員們早已聚在場上練投，還沒找到位子，我的目光卻一下就被球筐下奔跑的男孩吸引。

在另一個球筐下，站了另一個男孩，曾經讓我連上學都擔心受怕的那個男孩，如今正光芒四溢的馳騁於球場之中，一舉手一投足都令台下觀眾深深著迷。

安以翔的目光幾次落在方偉皓身上，眼裡是滿滿的戲謔與不屑，安以翔嫉妒方偉皓的才華這件事在國小時就悄悄埋下了種子，也許撇除我的關係，他早就看方偉皓不順眼。

用力嚥了口口水，我在心裡默默替方偉皓感到緊張，我希望方偉皓能贏，同時又很擔心安以翔出手不乾淨。

場上一顆俐落掃過籃網的球將我又一次拉回現實，只見籃球在籃板周圍重重嗑了一下，而後失控地朝觀眾席的方向飛去，一顆見怪不怪的烏龍球，卻讓我突地胸口悶脹。

我定睛望向方才出手的方偉皓，他低著頭將雙手藏到背後，用力地握了一下。

如果我沒有猜錯，那麼剛剛發生的一切，似乎解釋了這幾個月來方偉皓為什麼總是悶悶不樂的——他的手不正常。方偉皓沒有辦法很好的掌控力道，不了解方偉皓的人或許看不出來，但是我看著他打球十幾年，剛剛那顆球很明顯不是失誤。

我應該早就要發現的……。

不管是練智遠在醫院看到方偉皓的事，還是方偉皓和夏夢柔一起出現在醫院門口的事。

「這一次就讓我壞心一回。昨天那件事是我跟偉皓的祕密。如果妳除了好奇以外還有其他顧慮的話，就自己去找他問個清楚吧。」

夏夢柔的話讓我無法控制的心頭一揪，或許不是她不告訴我，而是方偉皓壓根兒不想讓我知道，因為他一向如此，他寧可被我誤會，也不想讓我替他擔心……。

再次回過神，比賽已然拉開序幕。

「2 point，安以翔。」

主持人宏亮的聲音響起。

場上的比分很快就呈現拉鋸，兩邊攻防自有設計，安以翔一上場一下就搶下好幾個籃板，相較於方偉皓和吳書豪，成安高中的中鋒球員打得更穩，射籃精準度也更好。

「你朋友今天看起來狀態不錯。」夏淳宇的話讓我感到有些安慰，這樣至少代表方偉皓的武裝截至目前為止還沒有什麼破綻。

「那是你不了解方偉皓，他平時打得更好。」

「是嗎？不是妳自我感覺良好嗎？」

夏淳宇說這句話的時候語氣有點酸酸的，但我寧可相信他一直以來都是這樣的說話方式。

「夏淳宇，抱歉，我覺得我喜歡方偉皓。」

吳書豪剛投進一顆三分球，全場歡聲雷動下，我一方面不確定夏淳宇有沒有聽到我的話，一方面又感到有些慶幸，要是場內一片安靜，那我說完這些話之後，我們估計會顯得很尷尬。

沒想到沒過多久，身旁卻傳來一聲毫無起伏的，「我知道。我一直都知道。」

一直都知道？搞什麼啊？我自己也是最近剛知道的好嗎？

我覺得莫名其妙。

夏淳宇卻像是會讀心似的（我一直都懷疑他有這個技能。）默默的補充了句。

「所以在妳認清自己的心意之前，我搶先跟妳告白了，至少這樣讓我感覺不是完全沒有餘地……。」

「安以翔，打手犯規。」

夏淳宇的聲音又一次隱蔽在一片驚呼聲中，但或許是我唐突的起身惹得他不得不將注意力從我身上移開。

「搞什麼啊？那一下打手根本就是故意的吧。」

「剛剛就覺得他很故意了，而且推人那麼多次裁判怎麼都不吹？」

「成安高中那個零號把球打得好髒。」

我注意到，球場上球員來回穿梭間，方偉皓幾次有意無意地甩了甩手，我試著想看清他臉上的表情，可觀眾席距離球場有一定的距離，從我的角度望去甚至無法清楚看到他的正臉。

只見方偉皓微微聳肩，默默移到罰球線上，對方加油團見狀，使勁弄出雜音干擾。

第二節比賽即將結束，成安高中和我們學校的比分是二十九比二十七，眼下只要方偉皓兩球都罰進，便能爭取在這節終了追平比分甚至反超，不只對方加油團，和我們坐在一側的，幾乎有一半都是我們學校的學生，大家對這次關鍵的罰球都十分看重，也就是說，方偉皓肩上背負了全場給予的壓力。

第一球脫手，全場屏棄凝神將焦點全聚集於那道拋物線上，我卻始終關注著方偉皓。

「啊……」

「怎麼回事，也差太遠了吧。」

「好可惜……」

觀眾席上響起此起彼落的奚落，伴隨著籃球墜落於場內的彈跳聲。

方偉皓用背影嘆了口氣，只見吳書豪站在面向我們的一側，率先走向方偉皓，輕輕拍了拍他的後背，比起讓他加油，吳書豪的動作更像是在擔心，我知道吳書豪一定早就發現了方偉皓的狀況，但更讓我疑惑的是，怎麼全場球員除了吳書豪以外，沒人看出方偉皓的反常，教練真的沒看出方偉皓的失常嗎？

「余教練到底在幹嘛，再這樣下去估計安以翔都要看出來了，到底讓他這樣撐了幾場比賽啊。」我忍不住在心裡暗罵。

第二球，方偉皓舉球猶豫的時間較上一球多了一半，場外的干擾不減反增，不希望他進球的賣力敲打著手上的加油棒，希望他進球的則是高聲吶喊加油。

可惜，第二球還是偏了道，重重擊上球筐後硬生落在安以翔腳邊，只見安以翔高舉雙手向場外做了一個勝利的動作，抄起球來就是一陣狂奔，方偉皓的隊友們還沒緩過神，來不及回防，就見安以翔一個高吊球把球傳給早已守在籃下的隊友。

「2 point，13號謝興宸。助攻，安以翔。」

場外響起如雷貫耳的歡呼，第三高中的加油團卻籠上一層低氣壓。

「到底在幹嘛啊？」

「罰球沒進也就算了，連守都守不好。」

「教練是不是要叫個暫停，照這個節奏打下去會很慘吧。」

就在大家議論紛紛的同時，安以翔的隊友又投進了一顆三分球，第二節比賽結束。

「我收回剛剛說妳朋友狀態不錯那句話。」

雖然知道夏淳宇沒有別的意思，因為方偉皓今天確實打得不好，但那是因為他負傷在身，卻一直在逞強啊。

沒說出口的話，一怒之下卻變成：「你能懂籃球嗎？」

夏淳宇臉上的表情沒有錯愕，而是冷冷遞給我一個眼神，順著他的目光我注意到周圍的人都在討論方偉皓上一場的表現。

「不是說方偉皓是方佐的兒子嗎？我看不怎樣啊。」

「第一節還好，第二節完全就被成安高中打著玩。」

「就是說啊，罰球我來投都比他準。」

「第三高中是不是板凳不夠深啊？打成這樣了還不換人？」

「我看八成是塞錢靠關係，搞不好方偉皓的爸爸連主辦單位都買通了。」

「你們太過分了吧！」

聽到這裡我再也忍不住了，握起拳頭憤憤站起身來。

只是連說這些話的人露出什麼樣的表情都還沒看到，一股猛勁兒便硬生將我拽回椅子上。

「你幹嘛？」我沒忍住將怒氣一股腦兒全發洩到夏淳宇身上。

「妳跟人家吵了有什麼好處？最後打起來被保全帶出場啊？」

「那難道我要一直聽他們這樣罔顧事實的胡亂說方偉皓嗎？也太不講義氣了吧？」

「妳逞了一時之快然後呢？在我看來事實就跟他們說的一樣啊，方偉皓今天確實沒有發揮好。」

「那……又怎麼樣呢？人總有失常的時候嘛。」

「然後呢？別人沒有必要理解這麼多啊？又不是每個人都像妳一樣是方偉皓的死忠粉絲，球迷私底下討論也不違法。」

「我……」

那他們也不能這樣說方偉皓啊……。

「如果到時候……」夏淳宇看上去有些欲言又止，默默嘆了口氣後，他緩緩開口接著說：「如果到時候，方偉皓知道妳因為他球沒打好而跟別人起爭執，他會開心嗎？」

他會開心嗎？

我不知道。

今天如果被罵的人是我，方偉皓會怎麼做？

我好像在那瞬間明白了什麼。

方偉皓連這些都考慮到了……。

從六年前那場大胃王比賽開始，方偉皓就一直在做選擇，因為他有我這樣一個不夠爭氣的朋友、總是被欺負、嘲笑的朋友，可我們都明白那不是我們的錯，不是我的錯，也不是方偉皓的錯，想要傷害一個人很簡單，只需要不負責任的一句話、一個表情，今天說過的明天就可以忘，但那些對我而言，卻像是個永遠醒不來的夢。

「女生就不該吃這麼多、那麼愛吃不愧是神豬、吃了會胖的根本不配被稱為大胃王……。」，那些太過決絕的字眼，不斷擊打我們的字眼，漸漸的我們開始變成越來越不像自己的人，然後……不再感到快樂。

或許這一輩子我們都在尋找一個，願意溫柔地接納自己的地方，願意理解所有的脆弱，不會因為你的外表、身世、喜好去判斷你、批評你、議論你。

而方偉皓就是這樣的存在。

也許他也猶豫過，但是最後他還是忍住了，為了盡量不去傷害我，他選擇容忍那些對我滔滔襲來的惡意。

兒時的方偉皓能力所及的，是替我阻斷所有惡意的攻擊，他選擇衝上舞台，與我並肩作戰；而長大後的方偉皓，明白惡意的來源再也不只局限於面對面的言語，可他依然選擇為我忍下所有不理智的批評，因為他知道，真正的我，是什麼樣子的。

方偉皓比我更早明白，很多時候，衝突根本無法解決問題，所以他走了另外一條路——在我受傷的時候，只要回頭，他便一直在。

因為他相信我做得到，所以從來不曾因為別人的原因，勸我放棄自己喜歡的東西。

第三節比賽才剛開始，場上的比分卻越來越懸殊，場外對於方偉皓的質疑更是越發激烈。

「到底在幹嘛？」

「換人！」

「乾脆犯滿下場算了！別比了。」

「我感覺我們可以走人了，沒什麼好看的。」

「第三高中要求換人。」

方偉皓跟幾個先發球員被換了下場，從頭頂上的大螢幕，我隱約看見鏡頭前的方偉皓微微蹙起了眉，右手微微顫抖著，低著頭走向余教練。

鏡頭切回場上，給了安以翔一個畫面，比賽再次開始，他露出一個極其嘲諷的微笑，從剛上場的控球後衛手中抄下了球，一舉進攻籃下，再次得分。

「2 point，安以翔。」

全場又一次歡聲雷動。

第三節比賽結束，兩隊差了整整十分。

我急得想立刻衝下台關心方偉皓的情況，手到底怎麼了？心情還好嗎？為什麼要忍著什麼都不說？

同時，我一方面很慶幸教練把他換下來休息，一方面又知道他一定很想重返場上，所以才會一直裝作什麼事也沒有的樣子，內心的矛盾拉扯了許久沒個定論。

「我看現在場上沒一個能打的，被換上去的那幾個看上去都很菜。」

「就說板凳深度不夠，先發也沒幾個厲害的，能打進冠亞也是很玄。」
「感覺輸定了啦，打得真糟。」
「10號，林騰浩犯滿離場。」
「第三高中要求換人。」
主持人的聲音再次響起，成安高中現在完全站了上風，第四節比賽才剛開始沒多久便成功要到幾次罰球，反觀我們學校的球員站在場中，就像一群被大野狼逼上懸崖的綿羊，無助且無力的一而再再而三落入對方圈套。
「方偉皓又被換上場了！」
「休息了那麼久，最後一節可以好好打了吧。」
「失分王。」
看過這麼多場球賽，這是我第一次感到全身的細胞都在緊繃，所有複雜的情緒在方偉皓再次出現在場中央時全攪散在一塊兒。
終於，吳書豪在對方進攻時成功搶下了球，邁開長腿在球場上馳騁，場內隊形明顯產生了變化，方偉皓此時已然守在筐下，吳書豪閃身躲過防守，腳步都還沒站穩，手中的籃球卻像認準主人的金球，穩穩落到方偉皓手上。
「傳得漂亮！」
現在球已在手，方偉皓只要能順利拋球打板，兩分入袋。
本以為這一球勢在必得，卻沒料到安以翔和隊友兩路包抄，在方偉皓起跳的同時一前一後雙雙殺至方偉皓身邊，安以翔和方偉皓的雙腳幾乎是同時離開地面，只是一切發生的過於迅速，籃球偏離軌道擊中球筐墜落，下一秒，就見方偉皓摀著右手痛苦地跌坐在地。

「零號安以翔，打手犯規。」

裁判吹響犯規，場外傳來此起彼落的議論聲。

「這一下打得有點用力。」

「我怎麼覺得安以翔是故意的啊。」

「只有打手犯規而已嗎？感覺這要吹一個違反運動精神犯規了，有眼睛的人都看得出來。」

場內、場外都是一片沸騰，吳書豪突然掙脫隊友的手，掄起拳頭一個箭步衝向安以翔，好在一旁的隊友眼明手快從身後抱住他，好不容易才將場面控制下來。

我的目光始終無法從方偉皓身上移開，他痛苦的樣子並沒有持續太久，但我已經分不清他到底是真的沒事，還是只是又一次的逞強，方偉皓走到吳書豪身邊輕輕拍了拍他的屁股，示意他冷靜下來，而後便一個人默默站到罰球線上。

「這次總該進了吧！」

「沒進就太難看了。」

「剛剛被打了那麼大力，他還能投嗎？」

方偉皓在一片喧嘩聲中，緩緩舉起雙手，直起膝蓋的那一瞬，球從指尖剝落，宛若出鞘的刀劍，在空中切出一道隱形的弧線，這一球打在筐內，沿著球筐激烈的繞了幾圈，全場安靜了下來，屏息等待球滾入筐的那一刻。

只是那一球在籃筐邊緣迅速旋轉了幾圈後，最終還是無力的甩出了筐外，場外觀眾強忍的壓抑一併爆發，悲鳴聲包圍整座籃球場，只見方偉皓雙手一垂懊惱的仰起下巴，球員們紛紛上前安慰，他輕輕點了點頭，打起精神再次站回罰球線上。

「好可惜喔！」

「方偉皓今天可以說是失分王！」

「好扯。罰球沒有一顆進。」

場外觀眾不滿的發洩著，我不確定場內的球員是否有聽到，只見安以翔臉上戲謔的笑容越發猖狂，方偉皓低著頭，垂在兩側的雙手微微顫抖著。

哨音響起，裁判又一次將球傳回方偉皓手裡，看著他猶豫的背影，我突然有股衝動。

「方偉皓！」我從觀眾席上猛的佔了起身，舉起手朝著場中央放聲大喊：「你可以的！」

「方偉皓！加油！」

我的聲音在一片謾罵聲中顯得極其突兀。

顧不得全場疑惑的視線，我微微閉上雙眼，嘶啞的朝著場中央瘋了一般的吶喊，就像六年前的方偉皓那樣。

「加油！我相信你。方偉皓！我相信你。」

「你、一、定、可、以、的！」

方偉皓沒有看向觀眾席，但我知道他聽到了。

舉起球的手不再猶豫，方偉皓再一次直起膝蓋，這一次，籃球並未擊中球筐，在空中飛快地轉了幾圈後，以空心球的姿態俐落的刷過籃網，進球得分。

場外沒有歡呼，沒有嘔氣，耳裡聽到的只剩我止不住的吶喊。

最後，我們理所當然的輸了這場球賽。

成安高中以六十八比五十二的成績，又一次拿下冠軍。

在我回過神來之後，場內觀眾已散場散得差不多了，回頭一望，才發現夏淳宇不知道什麼時候也跟著悄然無聲的離場，對此我並不感到驚訝，待在位子上稍稍平復了情緒，才緩緩起身跟著移動至場外。

場館內的空氣瀰漫著一股令人窒息的潮濕，不想在室內逗留太久，我加快腳步，隨著離場的人潮一起往捷運站的方向移動。

回想起方偉皓最後投進的那一球，在明知比分已經追不回來的狀況下，他依舊竭盡全力的搶下掉落的球，在最後幾秒傳回場內，可惜場內的隊友已經失去剛開始比賽時的活力，拋向籃筐的球隨著終場的哨音虛軟無力的掉出線外。

這樣的結果，方偉皓應該很自責吧……。

想到這裡，我默默從口袋裡掏出手機。

「結束後到巷口的關東煮店來一趟，我請客。」按下傳送鍵，我緩緩將手機收回口袋。

進站的列車緩緩停靠月台，假日傍晚的捷運車廂相較於平日空曠許多，列車關門的警示音響起，我緩緩踏上車，選了靠進內側的位置站立，車門正準備關上，內側車窗卻映出一抹頎長的身影。

下一秒，那道身影一語不發的站到我身旁的空位，他低著頭在靠近我的那一刻，輕聲在我耳邊落下一句：「妳走得太快了。」

我訝異的抬起頭來，「你那麼早離開沒關係嗎？」

「沒關係。」方偉皓說，「我不想留在那裡。」

之後的很長一段時間，我們誰也沒再開口說話，我好幾次藉著窗上的反射偷看方偉皓臉上的表情。

他看起來很累，身體輕輕靠向握著拉環的那一側，低垂著眼皮不知道在想些什麼。

捷運到站，我們一前一後的走下車，「要回家休息嗎？」看著一臉倦容的方偉皓，我關心的問。

只見方偉皓輕輕搖了搖頭，回過身來淡淡的衝著我笑了一下：「我很餓，我們去吃關東煮。」

雖然這個笑容的逞強成分佔大多數，但我還是很開心方偉皓並沒有想把自己鎖回房間裡的打算。

「好！我們去吃關東煮！今天我請客！」

聞言，方偉皓又一次笑了，這一回笑得比剛才自然許多。

巷口的關東煮店已經開業十年有餘，國中放學時我和方偉皓很常在店裡廝混，吃飽喝足了才回家接著吃第二頓晚餐。

照慣例，兩串豬血糕、四串貢丸再搭配七根甜不辣還要叫上兩晚熱騰騰的明太子烏龍麵。

對坐的方偉皓仍舊一語不發，低著頭夾起幾根泡得胖胖的麵條緩緩吸入嘴裡，如果今天是別人，我一定絞盡腦汁想方設法的找話題填補空隙，可對方是方偉皓，即使不特別做什麼，光是這樣對坐不語也讓人感到很自在。

除了一桌的食物外，我還偷偷從冰櫃裡拿了兩罐五百毫升的啤酒，趁老闆發現之前將拉環拉開，倒進眼前的杯子裡。只是不知道方偉皓是真的沒有發現，還是心情確實受到比賽的影響，我才剛將玻璃杯推到他眼前，他問也不問，兩三口就喝下肚。

「你……你還要嗎？」看方偉皓眼睛也沒有眨一下就把啤酒喝個精光，我甚至以為是我錯把綠茶看成啤酒，輕輕沾了一口面前的玻璃杯，一股濃烈的苦味在嘴裡擴散開來。

「噁，我不喜歡，都給你喝。」我將兩罐啤酒包括我手裡的那杯通通推到方偉皓面前。

方偉皓點點頭，一杯又一杯不一會兒就把兩罐啤酒通通清空了。

他撐著頭，漲紅著臉望著眼前的烏龍麵發呆。

「你不吃的話，我幫你吃掉囉。」我伸出手，想將方偉皓桌前的烏龍麵移到自己面前。

誰知道才剛一伸出手，方偉皓卻突然握住我，他的力氣很大，我差點整個人從椅子上掉下去：

「你……你該不會喝醉了吧？」一股不祥的預感油然而生。

方偉皓沒有說話，他緩緩將我的手擺到臉上，他的臉很燙，我想將手抽回，卻被他一把按住，方偉皓捧著我的手，臉上露出痛苦的表情，蹙起的眉頭叫人看著心疼。

「方偉皓，你真的喝醉了。」望著他掙扎的模樣，我於心不忍，在不驚動他的範圍內緩緩走到他身邊扶他起身，「我們回家吧。」聞言，方偉皓配合的將手搭在我的肩上，我們扶著彼此踉蹌的走出店外。

「方偉皓，你知不知道你很重……。」途中我艱難的調整拖著方偉皓的姿勢，差距二十幾公分的身高，讓我好幾次感覺自己就快要喘不過氣。

方偉皓最後乾脆整個人靠在我身上，讓我扛著他前進。

「才兩罐啤酒而已，不至於吧。」我開始後悔剛剛自作主張的開了啤酒，白白給自己找了那麼大的麻煩。

「杜臻臻……。」方偉皓卻突然出聲。

「幹嘛？沒看到我快被你壓死了嗎？」我沒好氣的斜睨了他一眼。

「妳……不要丟下我……。」方偉皓說著又一次蹙起眉頭。

「要丟下你剛剛早就把你丟下了，沒看到我都扛著你走了多遠的路。」

「不是……。」喝醉的方偉皓褪下平時壓抑的盔甲，操著濃濃鼻音低聲咕噥，「我害怕……。」

「怕什麼？我才應該害怕。」跟喝醉酒的方偉皓對話讓我感覺自己活像個幼稚園老師。

「我怕妳不要我了……。」方偉皓突然停下腳步，用力拉住我的手。

我才剛轉過身，就被他一把摁進懷裡，方偉皓抱著我在我耳邊說：「我怕妳不要我了。」應該要感到莫名其妙的場面，我卻沒來由的心跳加速，瞪著眼睛靠在方偉皓的胸膛結結巴巴的說：「你……你明天一定會後悔，方偉皓。你真的……喝醉了。」

方偉皓並沒有鬆開抱著我的手，周圍的一切在那一刻彷彿被按下停止鍵的電影，空氣在我們之間悄悄凝結。

也不知道過了多久，等到我緩緩掙脫方偉皓的懷抱，才發現，他靠著我的肩膀靜靜睡著，原先猙獰的表情一下和緩許多，濃密的睫毛在柔和的月光下微微輕顫，安穩的鼻息自鼻尖呼出，溫熱的氣息染上耳梢，我失神地望著那張熟悉的臉龐，然後，踮起腳尖，輕輕在那光潔的臉頰上落下一吻。

我偷偷親了方偉皓，在這四下無人的街道。澄澄微光輕輕灑在我與方偉皓身上。

「杜臻臻！妳這個禽獸！」等到意識到自己竟趁人之危做了如此不道德的事，我沒忍住搧自己一耳光的衝動。

「不可以，不要打她！」只是方偉皓卻突然清醒過來，激動的一把握住我準備對自己下手的手，然後一個踉蹌，又一次癱軟的摔回我身上。

「我佔你便宜你還這麼關心我，方偉皓，你說我該拿你怎麼辦？」嘆了口氣，我再次將方偉皓的左手放回肩上，「走吧。」對著雙眼緊閉的方偉皓我嘆了口氣輕聲的說。

要不是多虧我不同於常人的噸位，我看我跟方偉皓今晚八成得在公園過夜，走著走著，經過那座充滿回憶的環湖公園，兒時的回憶一下全湧上了心頭：「欸，你記不記得我們幼稚園的時候很常來這裡玩躲避球，那個時候我超討厭你的，因為才見不到兩次面你就跟我說什麼晚上常常夢到我，都不知道給我留下多大的陰影。」

我自顧自地說著，身旁的方偉皓卻突然笑出聲。

我微微轉過頭去，看著他又蹙起了眉，緊閉雙眼，嘴角不自然地抽搐著。

「看來你最近壓力真的很大。」

方偉皓的手到底怎麼了呢？我很想問，卻又害怕問了只會讓他更加難過，這個狀況應該已經困擾他很久了，我卻始終沒有察覺。

「對不起啊，方偉皓。」我內疚的說：「如果我能早點發現或許就能幫你分擔一點了。」

一直以來都是方偉皓單方面在關注著我的一切，我從來沒有一次主動站在他身邊陪他一起戰鬥，偏偏他又是什麼事都往肚子裡吞的個性，我不問他不說，任何事情都自己扛著，難怪吳書豪會叫他鋼鐵人。

「不要跟我道歉。」身旁的方偉皓突然出聲，我又一次轉頭望向他，纖長的眼睫細細輕顫著，迷離的眼神讓我忍不住嚥了口口水。

「謝謝妳，杜臻臻。」方偉皓的聲音帶著濃濃鼻音，綿密的字句滾入耳際，我肩頭一顫，慌亂的躲開他的眼神。

「謝……謝什麼。」我結結巴巴的想讓我們之間的氛圍不要繼續微妙下去。

「我都聽到了，妳的加油。」

忽然間，我的左臉染上一陣暖意，方偉皓的吻輕的宛如落入湖面的雨點，卻撩起我心裡盪漾的漣漪。

「這一下是還給妳的。」方偉皓在我耳邊低聲地說。

第一次見方偉皓使壞，我卻再也壓制不住心裡的壓抑，轉身，踮起腳尖，「方偉皓，這是你逼我的。明天醒酒後你最好不要給我忘記。」

語畢。我伸手抓住方偉皓的衣領，雙唇觸碰的瞬間，我感覺方偉皓配合的微微彎下身來，他伸出手輕輕放到我的腰上，我感受著從他鼻尖吐出的氣息，急促的像是要將我整個人都揉進他的眼眶。

方偉皓用力的回應著我的吻，他咬著我的唇，一股暖意自我的臉頰滑落，我睜開眼睛想確認那份潮熱的感覺究竟是什麼，朦朧間我卻看見方偉皓在哭，晶瑩的眼淚自眼眶滑落沾染到我的臉上，弄濕了我們之間的空氣，我悄悄鬆開捧著那張清秀臉龐的手，緩緩挪到他身後，「沒事，有我在。」我用額頭輕輕頂著他的髮梢淺淺的說。

方偉皓靠著我，終於卸下身上所有盔甲，放聲哭了起來。

有我在。就像我身邊一直有你在。

一直以來，方偉皓始終默默站在我身後，所以就算跌倒，我也從未感到恐懼，漸漸的我發現原來在我心裡藏了兩份堅強——方偉皓給我的，壯大了我原來擁有的。

是方偉皓在我最懷疑自己的時候站出來，告訴我，他比任何人都還要相信我。所以我也甘願成為他的後盾，方偉皓，這一次，換我保護你。

謝謝你，勇敢的刺蝟頭男孩。

我想，我是真的喜歡上你了。

最終章

距離方偉皓的離開，已過了兩個月。

上次收到方偉皓的訊息，也是一個多月以前的事了。

方偉皓的手傷，跑遍大大小小的醫院，復健做了、針灸也試了，醫生說過的任何有效的方法通通嘗試過了，卻仍然不見好轉。

最後，方爸爸決定帶著方偉皓去美國給認識的醫生治療，還說美國對於運動傷害有一套更為精密的檢測還有治療方法。

那天在湖畔的吻，誰也不曾再提起，我不確定方偉皓記不記得，鼓起勇氣想詢問他時，便得知他要出國的消息。

約莫一個月前，我聽到媽媽好像在客廳跟誰通電話，之後聽說方偉皓被診斷為「腦部多發性硬化症」，也就是說，跟原本預想的運動傷害完全不同。

那個晚上，我躲在房間裡哭了整夜。

也就是從那個時候，我開始聯絡不上方偉皓。

我不知道這段時間他在國外經歷了什麼，也不知道需要多久才能再一次見到他。

媽媽說找到病因，對症下藥，一定很快就能聽到好消息，比起安慰，我更願意相信事實就像媽媽所說的那樣。

我相信方偉皓絕對不會這麼輕易的就被擊倒，就像他平時無條件對我的信任一樣。

這是我十七年來度過的，第一個沒有方偉皓的暑假，起初聽到他要去美國治療的消息時，我不以為意，心想不過兩個月的時間，反正手機聯絡那麼方便，再說我們開學就能見到彼此，八個禮拜的時間想想也還好。

可我萬萬沒想到方偉皓離開後撇除時差，要聯絡彼此竟會如此困難，不好聯絡其實也沒什麼大不了，只是眼看新學期都要開始了，方偉皓卻連一點要回來的消息也沒有，訊息不回、也沒見阿姨再打電話到家裡來。

暑假期間，我的生活很簡單，只要是外出，那就一定能在以下三個地方找到我：學校、敲勾練車輪餅、林萱家。

即使是暑假，頻道的更新也不能跟著停擺，我們固定每週會開一到兩次會，每隔兩週就是一次拍攝，自從我不再害怕那些為了攻擊而攻擊的評論之後，意外地竟也收穫了一票支持者，雖然偶爾還是有人會攻擊我的身材，但我已經不是那麼在意了。

林萱說，或許就是因為我心態轉變了，所以在鏡頭前的樣子更自信也更有魅力。

俞書婷也樂得頻道訂閱人數呈穩步增長，而且在暑假最後一週，我們竟然拿到了頻道的第一個廠商業配，這對我們而言無疑是一次里程碑。

「老實說，這應該是我們的第二次業配。」練智遠吸了一口面前的珍珠奶茶。

「此話怎講。」林萱最近迷上古裝劇，說話總是怪腔怪調的。

「你們難道都忘啦！第一支影片是由『敲勾練』車輪餅贊助提供。」

「啊，有道理欸！但我們那支影片好像沒有多認真幫你們做曝光。」我有點懊惱的回應，當初一切都還很混亂，甚至沒有注意到該把商標註記出來。

「沒關係啦，可以再拍一次啊！反正我們店裡根本不需要這些宣傳，生意一樣好到嚇嚇叫。」雖然練智遠嘴上這樣說，但大家心裡都明白，敲勾練車輪餅對我們頻道的貢獻豈止一、兩次贊助這麼簡單，光是開會討論，大家三天兩頭的往店裡跑，練叔叔不但大方租借場地，甚至每次都要損失至少三十個以上的車輪餅。

「一人一盒，給你們帶回家吃嘿。」還不包括每次離開前，練叔叔打包給每人一盒的外帶在內。

暑假結束前的最後一天，相約在練智遠家的討論告一段落後，一行人在公車站前分手。回家路上，我掏出手機準備給媽媽打電話報平安，手機螢幕上卻跳出一通未接來電，那是一組我從來不曾見過的號碼。

會是方偉皓嗎？我頓感心跳加速。

焦急的按下通話鍵，電話另一頭卻遲遲沒有人應答。

看了一眼來電時間，下午三點五十分，這個時間方偉皓應該還在睡覺。

嘆了口氣，我默默把手機塞回口袋，明天就要開學了，方偉皓卻連一點要回來的消息也沒有，叫人怎麼不替他擔心呢？

那天夜裡，我躺在床上輾轉難眠，我多麼希望明天一睜開眼，門鈴響起，打開門便會看到那個讓人朝思暮念的刺蝟頭男孩，他會靦腆的笑著對著我說：「再不走，我們就要遲到了。」

我喜歡聽他說「我們」時嘴角泛起的淺淺笑意。

我會像個無賴般，扯著他的書包背帶跟在身後，讓他拖著我走路，刺蝟頭男孩從來不會因為我的霸道生氣，他總是背對著我，認命地往前走，我們看不到彼此臉上的表情，卻總能在一個剛剛好的時機，同時爆笑出聲。

我很想念那個刺蝟頭男孩，但在第二天的清晨，他卻沒有如期出現在我家門前，一路上，我感到沒來由的落寞，今天是方偉皓約定好要回國的後一天，可他卻沒有出現。

進教室前，我特別跑了一趟「基地」，暑假期間，我自己來過幾次，方偉皓搬來的那張課桌上，覆上一層薄薄的灰，我從書包裡掏出紙巾來回擦拭了幾遍，然後便趴在那張課桌上，伴著灑落窗檐的陽光，我注意到窗邊第二格置物櫃中，擱了一把家政課上的雕刻刀，莫非是之前哪個粗心大意的社團留下的。

握起那把雕刻刀，我在矮桌上輕輕刻下一行字：

大胃王在等刺蝟頭，刺蝟頭知道嗎？

刻完後，我看著自己的成品滿意地笑了一下，要是方偉皓回來看到了，八成會呆頭呆腦的問我：「這是什麼新的猜謎嗎？」

不過或許，他根本就不會發現。

早自習鐘響，我迅速背起書包，離開前最後掃了一眼沒有方偉皓的「基地」。

上一次一起來，是什麼時候呢？

感覺上次一起在這裡大笑，已經是很久以前的事了。

「杜臻臻，妳今天為什麼老是心不在焉的。」打掃時間丁宇萱不知道什麼時候繞到我身後，故意舉起掃把戳了戳我的後腳跟。

「有嗎？」我回過神來，才發現自己握著報紙停在窗前發呆。

丁宇萱露出一臉「妳應該知道我在說什麼吧」的表情，繞過我接著說：「剛剛俞書婷來班上找妳跟林萱，叫妳放學記得把社團日誌一起帶到社團教室。」

「社團日誌？」我突然想起今天自己把日誌裝到一個紙袋，依稀記得我有提著它出門，可現在卻不見紙袋的蹤影。

難道說是落在基地了？

最後一堂課結束，同學們興奮的聚在一起討論開學第一天要去哪裡聚餐，我卻無心加入談話，用最快的速度拎起書包，對著還在收拾桌面的林萱丟了句：「林萱，幫我跟書婷說我馬上到！」

「欸！妳又要去哪裡啊？杜臻臻！杜臻……。」

無視林萱的叫喚，我飛也似的衝下樓，三步併作兩步的往基地的方向狂奔，心想著要是社團日誌沒有在基地該如何和俞書婷交代。

好在我前腳才方踏入基地，熟悉的紙袋便映入眼簾。

「原來我把它掛在椅子上啊，真的快被自己嚇死了。」

走到矮桌旁拎起提袋，轉身離去時，眼角餘光卻瞥見了早上我在課桌上刻下的那行字。
我揉了揉眼睛，確認自己並非眼花看走了眼。
在我刻的那行字下，出現了另外一行。

對不起，

對不起？我用指尖來回輕觸那三個字。
會是方偉皓嗎？
還是只是一場無聊的惡作劇？
我下意識的來回看了看四周。那句對不起，會是什麼意思呢？
忽然，肩上染上一陣暖意，一雙結實有力的手從身後溫柔的環住了我。
我的背貼在那片平坦的胸膛，感受到逐漸加快的心跳。
「方偉皓？」我感到喉嚨一陣乾澀，猛一回頭確認身後的人確實是他。
「好久不見。」熟悉的溫柔嗓音弄濕眼眶，我用力地搖了搖頭，扳開環在脖子上的手。
「你還好嗎？」
「妳瘦了。瘦了好多。」沒有回應我的話，方偉皓心疼的摸了摸我的臉。
撥開他的手，我又問了一次，「你還好嗎？」語氣較先前更為強硬。
「嗯。」沉默了一陣，方偉皓默默地應了一聲。

「真的？」
「真的。」
我仔細看著他的眼睛，開口繼續追問。
「為什麼搞失蹤？」
「手機弄丟了，我到轉機的時候才買了一支新的，我有打給妳，可是妳沒有接。」
「你的手沒事了嗎？」
「沒事了，慢慢調，會好的。」
「我聽我媽說，你的病是腦部多發性硬化症，醫生呢，醫生怎麼說？」
「不是的，我的手本來就有點肌腱發炎，手好一些後，開始併發其他症狀，最後做了檢測，才發現是自律神經失調。」
「聽起來還是很嚴重啊！」不管是什麼，這幾個月下來，方偉皓身上的病症感覺都好嚴重。
「沒事的，我現在真的好很多了。可能是一直以來我給自己的壓力太大，因為我實在太想贏過成安高中、太想贏過安以翔……。」
方偉皓靦腆的笑了一下，我看得出來那是壓抑許就後，終於鬆了口氣的表情。
「那……」我用力的握了握拳，伸出手緩緩指向課桌：「對不起……是什麼意思呢？」
循著我的指尖，方偉皓的視線落在那兩行文字上，只見他微微輕啟唇瓣，往我的方向又靠近了一些。
「對不起，我回來晚了。」

後記

哈囉，大家好我是烏瞳貓。

首先恭喜你終於看到後記了，也很感謝你看完這個故事。在寫這本書的每一天我都過得很歡樂，為了要把食物的美味更貼合現實的傳遞給大家，在寫作的過程中也吃了不少美食、喝了一堆珍珠加好加滿的手搖杯，別人減肥失敗是因為懶得運動，而我減肥失敗則是因為寫書（牽拖～），既然有了如此高大上的理由，那也就不跟花了好幾百塊買來的體重計計較了吧。

這本書最一開始的書名叫做《不要叫我大胃王》（笑～），在決定出版後跟編輯討論了很久，才終於改成現在大家看到的書名《我們的美味愛情》，在這裡要先跟我的責任編輯石書豪編輯道聲感謝，謝謝他給了許多優秀的建議，雖然寫得是校園愛情，但我其實一直都不太擅長、也不習慣取粉紅泡泡滿溢的書名，除了書名外也很感激編輯和出版社在這本書的出版過程中，給了我許多幫助，真的很謝謝大家，也很感激一路支持我的讀者寶寶們，不管是透過這本書才認識我，還是在網路連載時就看過這個故事的孩子，你們都是最棒的（哈哈突然精神喊話）。

OK，言歸正傳，如果有看過《為你寫一首名為閃亮的歌》的讀者們，應該都對杜臻臻這個角色多少有一點小小的印象（吧？），雖然她在上一本書裡只佔了非常非常小的一個篇幅，但其實當初在寫這個角色的時候，我就已經預備好下一本書要讓她當主角了。在這個審美狹隘、顏值及正義的網路時代，一個吃了會胖的大胃王女生，感覺就很有發展性啊（笑～）。

我其實很喜歡看別人吃東西，以前念書壓力大的時候，很常在進度告一段落時點開大胃王比賽的影片，看了就覺得很舒壓，可是我也發現，身材和長相不知道什麼時候開始，似乎成為評斷一個大胃王選手的標準。

看著那些傷人的評論，也讓我想起求學過程中，同樣遇過許多因為身材或長相，遭遇言語和網路霸凌的同學，甚至是我自己也有遇過相同的經驗，雖然很無奈，但在這個人人都可以上網發表評論的時代，惡意留言和網路霸凌很難完全避免，比起去批判和強調用鍵盤傷人是多麼不對的事，我更想針對這樣一個從小就因為身材遭遇校園霸凌，長大後又因為夢想成為大胃王 YouTuber，而受到網暴攻擊的高中女生心態上的轉變與成長，去書寫一個充滿愛和溫暖的故事。

在這個故事裡，不管是大胃王社的社員、又或跑錯棚擔當指導老師的音樂老師，每一個出場人物身上都背負著只屬於自己的故事，誰不希望在低潮的時候能有一個人願意出手拉自己一把，又有誰能知道有時候不經意的一個舉動，甚至是一句話，竟能成為改變一個人一生的契機呢？

青春何止考試、升學那麼簡單啊！對吧！

明明就還有一堆數不清的課題需要應付，喜歡的人到底喜不喜歡我啊？為什麼昨天明明還很好的同學，今天突然就不理我了？搞什麼，長了那麼大一顆痘痘，要是讓同學發現了怎麼辦？校園故事就是有這樣的魅力，也正是因為每個人都經歷過校園，都有過遺憾，才總是試著在故事中尋找共鳴，甚至一個能夠填補缺憾、撫平傷口的縫隙。

喜歡寫校園故事，也許也是基於對那段時光的懷念還有惋惜。十七歲是每個人一生只能經歷一次的年紀，在被考卷還有課業淹沒的冰山一角，希望也存有一份令人悸動的心痛與記憶。

最後，感謝所有願意花時間看到這裡的你們，不管看小說的意義對你來說是什麼，都希望你們在閱讀的過程中是自由並且享受的。

——二〇二二年五月二十三日　烏瞳貓

要青春96　PG2814

要有光 FIAT LUX

我們的美味愛情

作　　者　烏瞳貓
責任編輯　石書豪
圖文排版　黃莉珊
封面設計　蔡瑋筠

出版策劃　要有光
發 行 人　宋政坤
法律顧問　毛國樑　律師
印製發行　秀威資訊科技股份有限公司
114台北市內湖區瑞光路76巷65號1樓
電話：+886-2-2796-3638　傳真：+886-2-2796-1377
http://www.showwe.com.tw
劃撥帳號　19563868　戶名：秀威資訊科技股份有限公司
讀者服務信箱：service@showwe.com.tw
展售門市　國家書店（松江門市）
104台北市中山區松江路209號1樓
電話：+886-2-2518-0207　傳真：+886-2-2518-0778
網路訂購　秀威網路書店：https://store.showwe.tw
國家網路書店：https://www.govbooks.com.tw
總 經 銷　聯合發行股份有限公司
231新北市新店區寶橋路235巷6弄6號4F
電話：+886-2-2917-8022　傳真：+886-2-2915-6275

出版日期　2022年7月　BOD一版
定　　價　310元

讀者回函卡

Printed in Taiwan

國家圖書館出版品預行編目

我們的美味愛情 / 烏瞳貓作. -- 一版. -- 臺北
市 : 要有光, 2022.07
面；　公分. -- (要青春 ; 96)
BOD版
ISBN 978-626-7058-37-4(平裝)

863.57　　　　111009510